여행할 땐, 책

여행할 땐, 책

1판 1쇄 발행 2019년 11월 15일
1판 6쇄 발행 2024년 11월 15일

지은이 김남희
발행처 (주)수오서재
발행인 황은희, 장건태
책임편집 황은희
편집 최민화, 마선영, 박세연
마케팅 장건태, 황혜란, 안혜인
디자인 권미리
제작 제이오
주소 경기도 파주시 돌곶이길 170-2 (10883)
등록 2018년 10월 4일(제406-2018-000114호)
전화 031)955-9790
팩스 031)946-9796
전자우편 info@suobooks.com
홈페이지 www.suobooks.com
ISBN 979-11-90382-04-5 03810 책값은 뒤표지에 있습니다.

이 도서의 국립중앙도서관 출판시도서목록(CIP)은 서지정보유통지원시스템
홈페이지(http://seoji.nl.go.kr)와 국가자료공동목록시스템(http://www.nl.go.kr/kolisnet)에서
이용하실 수 있습니다.(CIP제어번호: CIP2019044088)

여행할 땐, 책

떠나기 전, 언제나처럼 그곳의 책을 읽는다

김남희 지음

수오서재

차 례

2장

책을 읽으면 우리는 혼자가 아니다

3장 지친 허리를 일으켜 다시 한 걸음을 뗀다

프롤로그

여행자의
책갈피를 끼우며

내 인생의 필수품 두 개를 고른다면 여행과 책이다. 근사한 집이 없어도, 든든한 통장이 없어도, 다정한 연인이 없어도, 독서와 여행이 가능한 삶이라면 그것으로 충분하다. 나에게 여행과 독서는 다르지 않다. 여행은 몸으로 읽는 책이고, 독서는 앉아서 하는 여행이기에. 책도, 여행도 더 넓은 세계를 열어주는 문이다. 문 너머에 어떤 만남이 기다리는지 알 수 없어 책을 펼 때도, 여행을 떠날 때도 매번 심장이 쫄깃해진다. 책과 여행을 통해 나는 타인의 마음에 가 닿고, 지구라는 행성의 신비 속으로 뛰어들고, 인류가 건설하거나 파괴한 것들에 경탄하고 분노한다. 그럼으로써 나라는 존재를 더 깊이 이해하고 사랑하게 된다.

당연하게도 내 여행은 배낭에 넣어갈 책을 고르는 일로 시작된다. 매사에 산만한 내가 힘껏 집중력을 발휘하며 신중해지는 시간이다. 치앙마이에서, 리스본에서, 레이캬비크에서 읽을, 그 도시와 어울릴 책을 고를 때 설렘은 최고치를 찍는다. 느릿느릿 흘러가는 치앙마이에서는 자연과 조화를 이루며 천천히 살아가는 사람들의 이야기를 읽어볼까. 고요한 언덕의 도시 리스본에서는 리스본을 사랑한 작가의 소설로 골라보자. 불과 얼음의 땅, 통제할 수 없는 강력한 자연이 살아있는 레이캬비크에서는 범죄 소설이 어떨까. 평소라면 잘 읽지 않을 장르의 책에도 과감히 손을 뻗어본다. 마음의 그물이 느슨해지는 여행지에서는 독서의 취향조차 넉넉해지기에.

때로는 한 권의 책이 나를 여행으로 이끌기도 한다. 소설 한 구절에 마음이 빼앗겨 충동적으로 여행 가방을 꾸리는 나는 그 누구보다 사치스러운 사람이 된다. 어떤 소설의 중요한 공간이었던 거리를 내 발로 걸어다닐 때, 소설의 주인공이 팔던 음료를 마시겠다고 쇠락한 도시의 오래된 카페를 찾아갈 때, 매혹적인 남자 주인공이 32년간 갇혀 있던 호텔에 하룻밤을 머물게 될 때, 나는 세상에서 가장 부유한 사람이 된 것 같은 기분에 휩싸이곤 한다. 가끔씩 이런 사치를 누릴 수 있는 삶을 위해서라면 나는 기꺼이 다른 것들을 포기할 수 있다.

혼자 여행하는 그 시간만큼은 온전히 나를 위해 쓴다. 공기의 질감도, 거리의 냄새도 달라졌고, 이해할 수 없는 언어가 들려오는, 처음 온 도시. 누구도 나를 모르는 그곳에서 나는 자유로우면서도 외로운 이방인이다. 저물 무렵 집으로 돌아가는 이들의 모습에 문득 혼자임이 새삼스러워질 때, 미술관이나 박물관에 가기에는 애매한 오후의 시간에, 빗소리에 잠들지 못하고 뒤척이는 밤에, 오가는 골목에서 눈길을 끄는 카페를 발견했을 때, 간이역에서 열차를 기다릴 때, 습관처럼 책을 편다. 책은 여행과 일상의 중간 지대로 나를 데려간다. 온통 낯선 것들 사이에서 익숙한 언어를 따라가는 그 시간, 조금씩 긴장이 풀리고 편안해진다. 어디로든 여행을 떠날 수 있는 것처럼 어디에서든 책을 읽을 수 있다. 그렇게 나는 책과 함께 여행을 시작하고 책과 함께 여행을 마친다. 멀리 갈 수 없을 때도 나는 책을 읽고, 멀리 떠나가서도 나는 책을 읽는다. 여행을 할 때면 외로움조차 벗이 되듯이 책을 읽는 한 나는 혼자가 아니다.

당신도 여행지에서 책을 읽는 즐거움을 발견하기를. 명소를 찾아다니는 틈 사이에 책과 함께하는 여백을 만들기를. 떠나지 못한 일상의 공간이라 해도 괜찮다. 책은 앉은 자리에서 당신을 유목하게 만들어줄 테니까. 여행과 책이라는 환상의 콜라보에 당신도 중독되기를. 그 누구의 것과도 다른 당신만의 콜라보를 만들어내기를. 어느 날 우리가 여행지에서 책을 든 채 마주칠 수 있게 되기를.

2019년 10월,

언제나처럼 한 권의 책과 함께, 마드리드의 호텔에서.

내 삶은 온전히
거리에서 채워진다

1 장

고양이는 흘러 흘러
어디로 가나

그리스
이드라 섬

인생의 낮잠

축축하고 눅눅하다. 내 몸에서도 곰팡이가 필 것 같다. 에어컨도 없는 집에 갇혀 장마를 견디는 날들. 통장은 텅 비었다. 휴가철의 물가와 인파를 감당할 자신이 없는 나는 여름이면 늘 '방콕'행이다. 내 피서지인 카페로 향하는 길, 골목을 가로지르는 고양이와 마주쳤다. 작고 마른 고양이는 비에 젖어 볼품없는 모양새였다. 빠르게 달아나는 고양이를 보며 한 줄의 문장이 떠올랐다. '고양이의 등에는 피로와 고독감이 배어 있었다.' 장마철, 이 골목의 고양이들은 어디서 비를 피하고 있을까. 초라한 행색의 그 고양이는 내가 본 '고양이 천국'의 팔자 좋은 고양이들을 떠오르게 했다.

3년 전 봄에 두 달을 머물렀던 그리스의 작은 섬 이드라는 '고양이 섬'이었다. 포구의 카페마다 제일 좋은 자리는 고양이들 지정석이었고, 골목마다 각양각색의 고양이들이 넘쳐났다. 어느 날 포구에서 집으로 향하는 5백 미터 남짓한 길에서 마주친 고양이를 세어보니 서른여덟 마리였다. 나는 매일 마주치는 녀석들의 이름을 내 멋대로 지어 불렀다. 줄무늬 꼬리에 이마에는 선글라스를 얹은 것 같은 검은 반점을 한 '너구리 꼬리 선글라스', 주야장천 잠만 자다가 밥 먹을 때만 몸을 일으키는 천하의 게으름뱅이 '늘보', 나만 보면 발라당 드러눕는 회색 고양이 '발랑이', 세상만사가 다 귀찮아 죽겠다는 얼굴을 한 녀석은 '냅둬유', 콧잔등에 붉은 생채기가 있는 녀석은 '루돌프', 얼굴 양쪽의 색이 완전히 다른 녀석은 '아수라 백작'. 나는 고양이 섬의 임시 세입자였다.

숫자로 보나, 팔자로 보나 인간보다 나아 보였다. 고양이 애호가가 많은 일본의 한 방송국에서 촬영을 올 정도였다. 섬의 주민인 그 녀석들은 나 같은 뜨내기를 경계하지 않았다. 다가가면 힐긋 쳐다보는 것만으로 아무 도움 안 되는 인물임을 단박에 알아채고는 고개를 돌릴 뿐이었다. 인간의 손길에 익숙한지 무턱대고 다가와 꼬리를 비비는 녀석도 많았다. 자동차와 오토바이가 금지된 섬이니 골목 한복판에서 낮잠을 자다가 차에 치여 묘생을 마감할 일도 없다. 끼니때마다 사료를 챙겨주고 물을 갈아주는 집사들이 골목마다 상주한다. 길고양이를 상대로 주절주절 이야기를 나누며 무료한 하루를 보내는 할아버지가 있고, 팔아도 모자랄 사료를 매일 퍼주는 사료 가게 아줌마가 있고, 테이블을 다 차지한 고양이들을 손님인 듯 대접하는 '호구' 카페 주인들이 있다.

이런 분위기니 당연하게도 고양이들의 가장 중요한 일과는 목 좋은 곳에서 늘어지게 자는 일이었다. 게다가 그곳엔 '시에스타'가 있어 2시부터 4시 사이에는 섬 전체가 잠에 빠졌다. 원래도 고요한 섬이 마법에라도 걸린 듯 더 고요해지는 시간이었다. 그 시간이 되면 고양이도 사람도 최선을 다해 잔다. 나도 질 수는 없었다. 개근상을 노리는 초등학교 아이처럼 빠짐없이 낮잠을 챙겼다. 매일 두 시간씩 낮잠을 자는 삶이 가능하다니 굉장한 섬이었다. 낮잠은 이 세상이 흘러가는 속도에 대한 평화적인 저항이니까! 매일 고양이와 함께하는 날들을 보내고 있자니 후지와라 신야의 책 《인생의 낮잠》이 생각났다.

《인생의 낮잠》에는 발리 섬의 개, 아일랜드의 소 떼, 오키나와의 쥐가오리가 주연으로 등장한다. 그중에서도 가장 재밌는 동물 에피소드는 '고양이 섬 탐방' 편. 사람보다 고양이가 더 많이 산다는 섬의 이야기를 들은 이 남자. 자칭 '인류퇴화연구소' 소장인 친구와 고양이 섬을 찾아간다. "고양이는 흘러 흘러 어디로 가나" 이런 실없는 노래를 불러대면서 오십이 다 된 남자 둘이 애들 소풍 가방을 메고서 말이다. 그렇게 찾아간 고양이 섬에는 고양이가 없었다. 섬이 육지와 연결된 이후 주민들의 삶이 달라지면서 고양이가 살기 어려운 섬이 되어버린 탓이다. 그들은 동네 노인들의 '~카더라 통신'에 기대어 어딘가에 있다는 "어부가 날생선을 휙휙 던져주는" 고양이 섬을 찾아 다시 떠난다. 배 시간에 대기 위해 굽이굽이 해안 절벽길을 시속 90킬로미터로 죽음의 질주를 하면서. 그들은 고양이 섬을 찾았을까? 고양이 섬 탐방의 결말은 책을 읽어볼 이들의 몫으로 남겨둔다.

내가 고양이라는 종에게 홀리기 시작한 건 5년 전이다. 보름 동안 여행을 떠나는 친구가 제 고양이 비비를 부탁한 일이 계기였다. 지독히도 낯을 가리던 녀석은 매일 밥을 주고 똥을 치워준 나에게 마지막 날까지 얼굴을 보여주지 않았다. 그 까다로움이 어이없으면서도 매력적이었다. '나를 거부한 건 네가 처음이야' 뭐 이런 기분이랄까. 길들지 않는 도도함이 마음에 들었다. 어디선가 들은 말에 따르면 고양이는 인간에게 길든 적이 없단다. 우유를 얻어먹기 위해 길든 척할 뿐이라나. 고양이가 인간을 홀리는 이유 중의 하나는 통제되지 않는 야성 때문이 아닐까. 주인에게조차 무심하고, 수틀리면 바로 할퀴어대고, 가출도 당당하게 한다. 보은이랍시고 갓 잡은 생쥐를 베갯머리에 놓아두기도 한다. 누구의 눈치도 보지 않고 제멋대로 살아간다. 하염없이 늘어져 자다가 털이나 핥으며 보내는 일생이다. 낮잠은커녕 밤잠도 모자라고, 게으름은 죄악이 되는 게 인간의 삶이니 고양이가 부러울 수밖에. 이 바쁜 세상에 저렇게 사는 존재가 가까이에 있다는 것만으로도 안도가 되는 심정이랄까. 고양이는 어쩌면 인간이 꾸는 게으른

꿈일지도 모른다.

고양이를 좋아하지만 고양이를 거두거나 매일 시간 맞춰 밥을 줄 정도의 책임감은 없는 나 같은 인간에게 이드라 섬은 최고였다. 사방 천지에 '개냥이'들이 넘쳐났으니 말이다. 무책임하게, 뻔뻔스럽게 고양이와 친한 척하기에 맞춤이었다. 고양이들이 나조차 경계하지 않는다는 건 이 섬이 고양이들에게 안전한 서식처라는 증거 같았다. 내가 머물던 집에서 몇 발자국만 걸어가면 바다가 보였다. 저녁이면 그 계단에 앉아 포구를 붉게 물들이며 해가 지는 모습을 바라보고는 했다. 계단에 앉아 있으면 내가 '아수라 백작'이라 이름 붙인 고양이가 다가와 내 다리에 슬쩍슬쩍 몸을 비벼댔다. 백작님의 귓가를 긁어주며 함께 저무는 바다를 바라보고 있으면 슬픔이나 눈물이 사라진 세계가 거기에 있었다.

길고양이 다섯 마리를 입양해 키우는 내 지인은 이런 말을 남겼다. 고양이들에게는 인간이 일군 구상의 세계를 추상의 공간으로 변형시키는 능력이 있다고. 항구와 골목과 카페의 테이블과 담장과 묘지들. 인간이 치밀한 목적을 가지고 만들어낸 그 공간에 고양이 한 마리만 끼어들면 목적성이 허물어져 버린다. 원래의 목적이 사라진 공간을 채우는 건 기묘한 생동감이다. 허물어지는 담장 옆 지저분한 쓰레기통이라 해도 그 위에 고양이 한 마리가 앉아 있다면 그곳은 나른하고 편안한 분위기가 되어버린다. 손님 없는 카페의 의자를 차지하고 고양이들이 자고 있다면 '장사가 안 돼서 힘들겠네' 하는 걱정보다는 어쩐지 빙그레 웃게 된다. 고양이에게는 주변의 풍경을 바꿔내는 신묘한 능력이 있는 것일까.

이드라 섬에서 내가 가장 좋아한 풍경은 오전 9시 무렵의 포구가 만들어내는 분위기였다. 바다로 새벽 낚시를 나갔던 배들이 포구로 돌아오는 시간이었다. 어부들이 몰고 온 보트 앞에는 고양이들이 엄숙하고 단정한 자세로 서 있었다. 피시즘Fishism에 빠진 생선 숭배교도들이었다. 고양이들은 마치 생선을 사러 온 손님인 양 점잖게 제 순서를 기다리고 있었다. 처음 그 모습과 마주쳤을 때는 고양이들의 헛된 기다림이 안쓰러웠다. 내가 산 생선이라도 나눠줘야 하나 고민할 무렵, 어부가 작은 생선을 집어 던지기 시작했다. 고양이들이 달려들어 정어리를 낚아챘다. 녀석들은 자리를 잡고 앉아 만족스러운 표정으로 정어리를 뜯기 시작했다. 행동이 굼뜬 고양이에게도 생선을 던져준 후에야 어부는 갑판을 정리하기 시작했다. 그야말로 '어부가 날생선을 휙휙 던져주는 맘씨 좋은 섬'이었다.

'고양이는 본디 넘쳐나는 인간의 생활 냄새에 기생해서 살아가는 동네 바보 같은 동물이며, 고양이가 많다는 것은 동네 바보를 거둘 만큼 마을에 활기가 넘쳐난다는 얘기이자 주민들의 마음에 여유가 있다는 뜻'이라는 후지와라 신야의 글이 이해가 되었다. 나는 그 넉넉한 인심과 묘심이 어우러진 풍경을 즐기기 위해 아침마다 포구로 나가곤 했다. 날마다 빛이 찬연하게 쏟아지고, 그늘에서는 고양이가 꾸벅꾸벅 졸고 있는 섬에서 보낸 한철은 '인생의 낮잠' 같았다.

장마의 계절이다. 귓전에 차오르는 빗소리를 들으며 낮잠에 빠져든다. 온 세상이 자는 고양이로 가득 차 있는 꿈이 내게도 찾아오기를 기다리면서.

○ 인생의 낮잠

일본을 대표하는 사진작가이자 여행가, 에세이스트인 후지와라 신야(1944년 생)의 에세이집. 사람과 자연을 대하는 그만의 독특한 시선, 경건하고도 깊이 있는 성찰들로 가득한 책이다. 장은선이 옮겼으며, 2011년 다반에서 출간됐다.

길에서
우리는 무엇이든 될 수 있다

상처 입은 마음을 달래기에 산티아고만큼 좋은 길이 있을까. 아무 생각 없이 한 달쯤 걸을 수 있으면서, 온 세상 사람들을 다 만날 수 있고, 마을마다 저렴한 숙소가 있으며, 혼자 걸어도 안전한 장거리 도보 여행길. '혹시나' 하는 마음으로 뛰어들었던 관계가 '역시나'로 끝났던 몇 년 전 가을, 나는 산티아고를 소환했다. 하지만 '프랑스 길'은 이제 그만. 너무 유명해진 탓에 그만큼 소란스러워졌고, 돈벌이에만 헌신적인 현지인도 많아졌다. 게다가 영어나 스페인어보다 한국어가 더 자주 들릴 정도로 한국인이 몰린다. 무엇보다 이미 두 번이나 걸은 터였다.

망설이던 중에 길이 험해 순례자가 적다는 북쪽 길이 눈에 들어왔다. 험하게 몸을 굴려 마음의 고통을 잊어볼까. 마음을 정한 후 언제나처럼 그곳에 관한 책을 찾기 시작했다. 제목이 장엄한 에세이 한 권이 눈에 띄었다. 《불멸의 산책》. 일단 저자의 이력이 독특하다. '국경 없는 의사회'의 임원을 역임한 의사이자 사회운동가에 공쿠르상을 수상한 소설가란다. 한마디로 윤리의식 뛰어난 르네상스인. 읽기도 전에 감이 왔다. 이불킥을 할 만큼 재미있거나, 눈물 나게 지루하거나 둘 중 하나일 거라는 감. 다행히도 전자였다. 자신을 포함한 순례자들의 허영과 궁지, 겸손함과 오만함을 속속들이 까발리고, 길에 대한 혹평도 서슴지 않으면서도 순례길의 매력을 고스란히 드러낸다.

책에는 순례자가 되어본 이들이라면 공감할 이야기들이 넘쳐난다. 자신이 산티아고를 찾아온 게 아니라 산티아고가 자신을 불러들인 거였다고 믿는 운명론자가 된다거나, '누구나 저마다의 방식으로 걷는다'라고 말은 하면서도 '진짜 순례자'와 '가짜 순례자'를 나누는 분별심 같은 이야기들이다. 나 또한 카미노를 걸을 때마다 배낭을 배달시킨 후 빈 몸으로 걷거나 공용 숙소 알베르게가 아닌 호텔에 머무르는 이들을 얕보는 못난 마음에서 자유롭지 않았다. 카미노에는 이상한 위계질서가 작동한다. 얼마나 더 먼 곳에서, 얼마나 더 고생스럽게 걷는지로 신분이 정해진다. "백오 일째 걷고 있어요" 같은 말에 존경심을 표하게 되는 곳이 카미노다. 걸친 옷이 낡을수록, 배낭의 땟자국이 진할수록, 얼굴이 까맣게 그을렸을수록, 더 숭고한 순례를 해왔다는 증거였다.

돈도 안 되는 일을 돈 써가면서, 궁핍과 고통을 훈장처럼 여기며 걷는 이유는 무엇일까. 내 경우에는 길을 걷는 동안 누리게 되는 영적인 순간이 바로 그 보상이었다. 길을 잃은 순례자 앞에 성모 마리아가 나타나 노란 화살표를 보여준다

든가, 머릿속으로 갑자기 네 길을 가라는 신의 음성이 들려왔다든가 하는 식은 아니다. 그 경험은 보다 내밀하며 친근한 방식으로 찾아온다. 이른 아침 골짜기를 뒤덮은 짙은 안개가 만드는 풍경화 속에 홀로 서 있을 때, 1천 2백 미터의 고개를 넘다가 말들의 순한 눈동자와 마주칠 때, 황혼 녘 대성당 종탑에서 종소리가 울려 퍼질 때, 그런 순간에 나는 대지와 만물에 깃든 신의 마음이라는 것을 느끼곤 했다. 말도 통하지 않는 이국의 순례자가 에너지바를 건네주고 지나갈 때, 추위에 곱은 손가락으로 뜨거운 카페콘레체가 담긴 잔을 쥘 때, 피곤한 다리를 끌며 들어선 알베르게의 자원봉사자가 다정한 미소를 건넬 때, 그럴 때면 삶은 이미 넘치도록 충만해 아무것도 부족하지 않았다.

심하게 낯을 가리는 내가 처음 만난 타인의 이야기를 들으며 눈물 흘릴 때, 내 안의 신전에 반짝 불이 들어온다. 편식이 심해 집에서라면 입에도 대지 않았을 음식을 최고의 진미인 양 감사하며 먹을 때, 나는 조금 더 착해진다. 당연하게 생각했던 일상의 사소한 것들—뜨거운 물 샤워, 운동 후의 달콤한 디저트, 마음이 내키면 바로 만날 수 있는 가족 같은—이 얼마나 귀한 것인지를 깨달을 때마다 겸손해진다. 산티아고에서 내가 찾은 건 내 안의 더 선한 존재였다. 꼭 끌어안아 주고 삶은, 감사할 줄 알며 나눌 줄 알며 겸손하기까지 한 나. 일상의 사소한 것들이 문득 반짝이며 제 의미를 키우는 순간이 내게는 영적인 순간이었다.

생계를 위해 해야만 하는 노동이 계속되는 일상에서는 이런 나를 만나기 쉽지 않았다. 낯선 곳에서는 내 마음이 부드럽고 느슨하게 풀어지기 때문일까. 모두가 있는 힘껏 달려가는 삶의 속도를 스스로 멈췄다는 희열인 걸까. 아무런 이해관계가 없는 사람들과 어울리며 세상살이의 고단함을 나눌 때, 그 어떤 경쟁도 없고 결과를 걱정할 필요 없는 무용의 일에 헌신할 때, 내 마음은 너그러워진다. 일상에서는 가능하지 않은 어떤 모험을 할 때, 나만을 위해 자발적으로 헌신할 때, 아무리 고된 일도 기꺼이 견뎌낼 힘이 솟는다. 돈 한 푼 되지 않는 일에 바치는 시간이 길어질수록 세속의 욕망에서 멀어진다는 착각도 따라온다. 귀국행 비행기를 타는 순간 밥벌이를 걱정해야 할지라도, 걷는 그 순간만큼은 조금 더 순수한 존재가 된 것 같은 고양감에 취한다.

그런 내 고양감은 순간적이고 피상적이었을지 몰라도, 이 길을 걸음으로써 자신의 삶 자체를 바꾸어버리는 사람들이 있다. 그런 사람들을 만나는 순간, 소름 돋는 희열이 찾아온다. 바스티안이 그런 친구였다. 그를 만난 건 북쪽 길을 걷기 시작한 지 19일째 되던 날이었다. 노천 카페에 앉아 커피를 마시던 내게 그가 길을 물었다. 디지털 시대에 사람에게 길을 묻다니. 내가 20년만 젊었다면 동양인 여성에게 거는 작업이라고 착각했을지도 몰랐다. 어디서부터 걸어왔느냐는 내 질문에 그는 담담히 대답했다. "베를린에서부터." 나도 모르게 그를 한 번 훑어봤다. 카미노에는 독일인 순례자들이 가을날 보도에 떨어진 은행만큼이나 넘쳤다. 바스티안은 그런 독일인들과 좀 달라 보였다. 우선은 온갖 장비로 가득 찬 독일인들의 큰 배낭에 비해 그의 배낭은 작았고 그나마도 절반쯤 빈 것 같았다. '준비' 하면 독일인이라 스마트폰의 카미노 어플이나 종이 가이드북을 다들 들고 다니는데 그는 아무것도 없었다. 무엇보다 그는 청바지 차림이었다. 다들 가볍고 시원하고 빨리 마르는 등산복을 입고 다니는데! 그의 트레킹화는 일제강점기 경성을 누비던 인력거꾼의 신발마냥 낡아 있었다. 어디를 봐도 예사롭지 않은 청년이었다.

순식간의 관찰과 판단을 마친 나는 커피를 사겠다고 청했다. 스물한 살의 독일 청년 바스티안은 여름 볕이 뜨겁던 7월의 아침에 집을 나서 하루에 30~40킬로미터씩, 2천 킬로미터를 넘게 걸어오고 있었다. 산티아고에 도착하면 그는 3천 킬로미터를 걷는 셈이었다. 나는 누구나 할 법한 질문을 던졌다.

"도대체 왜 걷는 거예요?"

"인생을 통째로 바꾸고 싶어서요."

잠시 웃던 그가 덧붙였다.

"지금까지의 나와는 다른 사람이 되어서 다른 삶을 살고 싶었어요. 그래서 대학을 그만두고 걷기 시작했어요."

그가 들려준 바다에 관한 이야기는 나를 매료시켰다.

"처음으로 대양을 만난 날, 바다 곁에서 잠들어야겠다 결심했어요."

바다를 처음 본 거냐는 내 질문에 그는 웃으며 말했다.

"대양을 본 게 처음이었어요. 그날 바닷가의 벤치에 앉아 밤늦도록 파도 소리를 들었어요. 큰 바다여서인지 내가 알던 바다의 숨소리와는 다른 것 같았어요. 하염없이 바다를 바라보다가 벤치에서 그대로 잠이 들었어요. 잠에서 깼을 때는 캄캄했어요. 시계가 없으니 몇 시인지도 몰랐는데, 이상하게도 몸이 너무나 가벼운 거예요. 바다로부터 받은 에너지였나 봐요. 그대로 일어나서 해안을 따라 걸어갔어요. 몇 시간쯤 걸어가니 그제야 해가 떠올랐어요."

바스티안은 여러 면에서 나를 놀라게 했다. 텐트를 갖고 다니며 야영을 하는 그의 배낭은 내 것보다 가벼웠다. 그는 걷기 시작한 다음 날 스마트폰을 집으로 보내버렸고, 구식의 작은 카메라를 제외하곤 그 어떤 전자기기도 지니지 않았다. 손목시계조차 없었다. 아침 햇살에 눈을 비비며 일어나 걷고, 어둠이 내리면 텐트를 쳤다. 그가 북쪽 길의 초입에 들어섰을 무렵 지닌 돈이 바닥났다. 그때부터 그는 돈 한 푼 없이 걸었다. 들판의 무화과와 사과, 호두 열매가 그의 주식이었다.

"독일에서는 담장 밖으로 넘어간 과일은 공공의 것으로 간주해요. 난 그 법을 스페인 땅에 적용하면서 걷고 있어요."

그렇게 말하며 그는 또 웃었다. 발이 걷기에 적응하듯, 자신의 배도 배고픔에 적응해왔다면서. 심하게 배가 고플 때면 마을의 어른들에게 시킬 일이 없는지 물었다. 그러면 어른들은 일은 주지 않고 간단한 먹을거리를 제공했다. 가끔은 그런 자신이 구걸을 하는 거지처럼 느껴진다고 그가 고백했을 때, 나는 고개를 저으며 말했다. 부자든 가난한 이든 관계없이 누구나 살아가는 동안은 구걸하는 사람이나 마찬가지라고. 우리 모두는 사랑을, 인정을, 돈을, 때로는 탐해서는 안 되는 것마저 갈구하며 살아간다고.

바스티안은 욕망을 버린 수행자 같았다. 최소한의 것을 지니고, 가장 적게 먹으면서, 가장 먼 길을 가는 구도자. 그는 물질적으로는 나보다 빈곤했을지 몰라도 정신적으로는 더 풍요로웠다. 카미노를 걷는 것만으로도 은총을 받을 자격이 있다고 믿었던 내 얄팍한 긍지는 그로 인해 깨어졌다. 바스티안은 원했던 대로 카미노를 걷는 동안 많은 것이 달라졌고, 다시는 이전의 삶으로 돌아갈 수 없을 거라고 했다.

"이 길에서 전 매일 행복했고, 매일매일이 감사했어요. 이 행복을 절대 놓치고 싶지 않아요. 카미노에서 받은 사랑과 기쁨을 나누며 살아가고 싶어요."

결국 그는 이 길에서 자신을 새롭게 발견하고, 타인의 의미 또한 찾아낸 셈이었다.

내가 산티아고를 사랑하는 이유에 대한 답을 그에게서 들은 것 같았다. 이 길에서 나는 무엇이든 될 수 있다. 이 길에서는 한 끼의 밥을 구하는 배고픈 가난뱅이가 되어도 부끄럽지 않다. 산티아고를 산티아고이게 하는 것은 그 어떤 모습도 다 받아들여진다는 점이었다. 천 년의 세월 동안 저마다의 이유로 이 길을 찾아온 수많은 이들을 마을 사람들은 오랫동안 지켜봤을 것이다. 정치적 망명을 떠나온 이도 있었을 테고, 먹고 살기 힘들어 다른 도시를 찾아가는 이도 있었을 것이며, 죄를 짓고 고행을 자처한 이도 있었을 것이다. 숭고한 종교적 신념으로 걸은 이들이 있었다면, 막다른 길에 몰려서 여기까지 온 이도 있었을 것이다. 순례자를 받아들이는 관습은 종교적 의무처럼 당연히 해야 할 일이었을지도 모른다. 그런 분위기 속에서 어떤 모습의 순례자도 있는 그대로 받아주는 너그러운 시선이 자연스레 생겨났을 것이다. 신분도 국적도 직업도 다른 이들이 제각각의 사연으로 이곳을 찾아오지만 이곳에서는 단 하나의 이름으로 불릴 뿐이었다.

순례자.

그 평등과 관용의 정신이 어느새 전통이 되었고, 그 전통이 다시 세계의 순례자를 끌어들이며 더 강화되어 오지 않았을까. 산티아고의 신성은 결국 변화에 대한 믿음에서 비롯되는 게 아닐까. 다른 나를 찾고 싶다는 갈망, 더 많이 감사하고, 좀 더 겸손하고, 더 자주 웃는 나를 보고 싶다는 바람으로 우리는 이 길을 찾아오는 게 아닐까. 다시 일상으로 돌아가는 순간 이곳에서의 시간은 조금씩 희미해질 것이다. 하지만 완전히 사라지지는 않은 채 내 안에 남아 있을 것이다. 그 희미한 빛이 사소한 계기로 일상 속에서 다시 반짝이며 살아나는 순간들 또한 찾아올 것이다. 그 찰나의 빛을 꺼뜨리지 않기 위해 애쓸 것이고, 그 애쓰는 마음이 있는 한 우리는 이 세계에 조금 더 선한 존재로 남게 되지 않을까.

바스티안은 《불멸의 산책》 저자가 주장한 불교 순례자에 가까웠다. 그는 산티아고는 불교의 순례지라고 선언한다. "모든 종교들 중에서도 가장 덜 종교적이고, 신에 대해서는 아무

말 하지 않고 단지 인간이 자기 존재에 가까이 다가가도록 허용하는 종교"여야 산티아고와 맞기 때문이라고 설파하면서. 그 선언이야말로 내가 반복해서 카미노를 걷는 이유다. "이제 아무것도 그 누구도 아닌, 가난한 순례자에 불과"한 존재가 되어 나 자신을 뛰어넘고, 지금껏 걸치고 있던 생활의 짐을 벗어던지고, 더 나은 내가 되는 놀라운 경험을 하기 위해서 나는 그 먼 길을 걷는다.

○ 불멸의 산책

공쿠르상 수상 작가 장 크리스토프 뤼팽의 산티아고
순례기. 2010년 공직에서 물러나 자연인으로 돌아오면서
그는 긴 도보 여행을 떠나기로 한다. 은근한 유머와
매력적인 사유들로 가득한 이 책은 작은 산악 전문
출판사에서 출간되어 30만 부가 판매됐다. 신성림이
옮기고 뮤진트리가 펴냈다.

사소하고 구체적인
생의 아름다움

여름은 오래 그곳에 남아

일본
가루이자와

10월의 가루이자와는 고즈넉했다. 고도 천 미터가 넘는 고원의 바람은 서늘했고, 공기는 까슬까슬했다. 나는 얇은 카디건의 단추를 채우고 어둑해진 거리를 걸었다. 해가 진 지 한 시간 남짓인데 거리는 텅 비어 있었다. 여름이 오래전에 지나간 10월 중순이니 그럴 만도 했다. 이곳은 부자들의 여름 별장지로 이름난 곳이니. 가루이자와를 여행하는 날이 오리라고는 생각지 못했다. 고급 휴양지 같은 곳엔 별 흥미를 느끼지 못하는 나를 여기로 불러들인 것은 한 권의 소설이었다.

마쓰이에 마사시의 《여름은 오래 그곳에 남아》를 처음 읽던 날을 기억한다. 1월이었고 나는 네팔 포카라의 호숫가 카페에 앉아 있었다. 겨울 햇살이 위로라도 하듯 어깨를 어루만지는 오후였다. 책의 마지막 장을 덮고 나니 어쩔 줄 모르는 마음이 되어버렸다. 두근거리는 심장을 손끝으로 누르며 한동안 호숫가를 서성였다. 쓸쓸하면서도 아름다운 풍경을 엿본 듯 마음이 일렁였다.

소설의 줄거리는 단순하다. 놀라운 사건도 없고, 극단적인 캐릭터도 없다. 건축과를 막 졸업한 '나'는 존경하던 건축가 무라이 슌스케의 설계 사무소에 입사한다. 얼마 후 국립현대도서관 경합 설계안을 위해 직원 대부분이 가루이자와의 여름 별장에서 함께 생활하게 된다. 주인공이 존경하는 건축가 무라이 슌스케는 '고도경제성장의 파도에 휩쓸리지 않고, 안이한 자기과시욕에 구애되지 않고, 실질적이면서도 시대에 좌우되지 않는 아름다움을 지닌, 그러면서도 사용하기 편리한 건물'을 짓는 건축가다. 별장에서 숙식을 함께하며 일하는 동안 주인공에게는 사랑이 찾아오기도 하고, 그러는 사이 한 몫을 해내는 청년으로 성장해간다. 29년의 세월이 흐른 후 그 시절을 되짚어가는 방식의 소설을 따라가다 보니 나 또한 아사마 화산 자락의 아오쿠리 마을에서 한 시절을 보내고 온 것 같았다. 섬세하면서도 담백한 문장 하나하나가 오래도록 기억에 남을 책이었다.

두 번의 계절이 지나간 후 나는 소설의 배경이 된 가루이자와를 찾아가 이 소설을 다시 읽었다. 끝부분부터 타들어가듯 붉어지는 단풍나무가 굽어보는 사와무라 카페의 정원에서, 존 레논이 자전거를 타고 와 바게트를 사가곤 했다는 프렌치 베이커리의 창가에서 소설을 읽어나갔다. 두 번째로 소설을 완독한 날은 소슬한 바람이 창 너머 벚나무의 검푸른 몸피를 쓸고 지나가는 아침이었다. 처음 읽었을 때보다 잔향이 더 오래 남았다. 어쩔 수 없는 세월의 흐름과 그에 따른 상실을 어떻게 이토록 담담히 바라볼 수 있는 것일까. 건축도, 사람도 세월을 이길 수 없다는 그 당연한 사실에 가슴이 아렸다. 나는 마음의 파문이 가라앉기 전에 서둘러 집을 나섰다. 소설 속 건축가 무라이 슌스케의 모델이었다는 요시무라 준조의 건축물이 보고 싶었다. 그의 자취를 좇아 가루이자와에 온 터였다.

낙엽송과 히말라야 삼나무, 느릅나무가 우거진 길을 따라 걸었다. 아직 어둑한 숲으로 햇살이 느리게 스며들고 있었다. 구 가루이자와를 지나 좁아진 길을 따라 더 들어가니 숲 사이로 희미한 그림자처럼 집 한 채가 서 있었다. 소설 속 여름 별장의 모델이 된 건물이라고 했다. 여름 별장처럼 콘크리트 구조의 하단에 목조 2층을 올린 집이었다.

눈에 띄지 않겠다는 듯, 이곳의 주인공은 집이 아니라 주변의 나무라는 듯, 기척을 죽인 집이었다. 단풍나무 세 그루에 둘러싸인 2층의 창을 열면 나무의 숨소리마저 들릴 것 같았다. 정성껏 관리해온 듯 마당도, 차고도 깔끔하게 정리되어 있었다. '나무의 기름기가 완전히 빠져 가벼워진 느낌'이 드는 오래된 집이었다. 현관 옆 벽에 들어앉은 난로도 유심히 봐야 드러날 정도로 군더더기가 없었다. 50년이 넘도록 햇살과 바람에 몸을 맡긴 채 서 있던 탓에 색이 적당히 바래 한층 그윽해 보였다. 건축의 언어를 해독하지 못하는 나지만 집을 지은 사람과 집을 사용하는 사람의 마음결이 어쩐지 닮아 있을 것 같았다. 어디선가 가지치기를 하는지 전기톱 돌아가는 소리와 나뭇가지 부러지는 소리가 들려왔다. 그 소리를 덮듯이 계곡물이 기세 좋게 흘러가고 있었다.

일면식도 없는 건축가의 흔적을 찾아와 그가 남겨놓은 유산을 바라보고 있으니 멍한 기분이 들었다. 집을 지은 사람은 세상을 떠나도 그 집에 살아가는 사람들이 있는 한 과거는 현재 속에 살아 있다는 당연함이 새삼스러웠다. 나는 마당 귀퉁이에 서서 오래오래 집을 바라보다 돌아섰다. 발길이 이어진 곳은 미술관에 딸린 화가의 아틀리에였다. 미술관을 한 바퀴 돌고 정원으로 나서면 화가의 집이 한눈에 들어왔다. 가로로 긴 집의 구조가 특이할 뿐, 역시나 과시하려는 의지가 없었다. 일체의 꾸밈이 없는 집이었다.

마지막으로 찾아간 집도 그러했다. 선교사의 딸로 왔다가 청소년들에게 음악을 가르친 엘로이즈 커닝햄의 음악당과 집은 카페와 렌트하우스가 되어 있었다. 관리인에게 요시무라 준조의 건축을 보기 위해 왔다고 하니 렌트하우스의 문을 열어줬다. 거실의 통창 앞에 하얀 그랜드 피아노가 놓여 있었다. 귀퉁이에 놓인 벽난로 앞 흔들의자에 앉아 숲을 바라보고 있으면 세상의 번잡함 따위야 금세 지워질 것 같았다.

내가 찾아다닌 세 채의 집은 하나같이 장식이 없이 간결하면서도 소박했다. “디자인은 사람을 섬기기 위해서 존재하는 것"이라고, "건축은 예술이 아니라 현실 그 자체"라고 이야기 하던 소설 속 무라이 선생의 말이 와닿는 집들이었다. 그러면서도 품격을 간직한 채 가루이자와의 숲에 다소곳이 숨어 제 쓸모를 다하고 있는 집들이었다. 이번 생에 내 집을 가질 가능성은 거의 없지만, 나도 집을 지을 수 있다면 저렇게 슬쩍 뒤로 물러난 듯한 집을 짓고 싶다고 생각했다.

여행을 다니는 동안 압도적인 건축물을 많이 만났다. 때로는 그 앞에 서 있는 것만으로 행운이라고 여겨졌던 건축물들이었다. 캄보디아의 앙코르와트 신전, 이집트의 아부심벨 대신전, 인도의 타지마할, 페루의 마추픽추 같은 곳들. 그런 거대한 건축은 잠시 강렬하게 나를 뒤흔들었지만 결국 내 마음이 오래 가닿는 곳은 이름 없는 사람들이 일상을 영위하며 살아가는 공간이었다. 주인의 개성이 슬며시 드러나는 동네의 오래된 카페, 대문 앞에 비질 자국이 선명히 남아 있는 낡은 집, 마을 사람들이 힘을 모아 지은 작은 교회 같은. 세월과 더불어 낡아가는 공간 속에는 깃들어 살아온 사람들의 숨결도 녹아 있었다.

내가 늙어가기 때문일까. 세월의 더께가 두껍게 묻은 곳일수록, 시간을 견딘 흠집과 상처가 남은 곳일수록 보기에 좋았다. 예고 없이 찾아오는 고통 속에서도 끝내 살아남은 주인을 닮은 것 같았다. 하나의 건축물은 그렇게 쇠락하며 쌓여가는 삶의 흔적들이 담겨 생명을 얻는 것이었다.

집을 떠나와 남의 집을 기웃거리는 삶이 이번 생의 내 운명인 것 같다. 1년의 절반은 집이 아닌 '숙소'에 머무는 탓인지 숙소를 고를 때면 꽤나 공을 들인다. 부지런한 주인이 시간과 마음을 들여 가꿔온 작은 곳이 내 취향이다. 그런 곳에는 생활의 향기가 배어 있어 나를 안정시킨다. 기껏해야 사나흘 머물 곳임에도 불구하고 나는 숙소를 내 집처럼 여기고 싶었다. 세면대나 거울이 지저분하면 반짝이도록 닦는 일부터 시작했다. 작은 꽃다발을 사다 컵에 꽂아놓기도 하고, 엽서나 그림을 창문에 붙여놓기도 한다. 볕이 잘 들거나 전망이 좋은 자리로 책상을 옮겨놓는다. 여기가 내 인생의 마지막 잠자리가 될 수도 있기에 방을 나설 때면 늘 이부자리를 깔끔하게 정돈한다. 의식적으로 몸에 익힌 삶의 태도다. 부유하는 삶을 살아가는 처지라서일까, 내게는 늘 마음 붙일 공간이 필요했다. 그 찰나적인 공간에 나름의 영속성을 부여함으로써 생존의 공간을 삶의 향기가 깃든 곳으로 바꾸어내고 싶었다.

고단한 일상에서도 아름다운 것을 향한 갈망을 잃지 않는 사람들을 나는 존경한다. 《여름은 오래 그곳에 남아》 역시 나에게는 생활의 아름다움을 예찬하는 소설로 읽혔다. 차곡차곡 튼튼하게 쌓아 올린 장작단처럼 끊임없이 이어지는 작고 사소한 노력이 모여 쉽사리 무너지지 않는 견고한 일상이 구축되는 것이리라. 혼자 마실 차 한 잔을 우리는 겨울 오후에 비껴드는 햇살의 따사로움, 시내에서 일을 보고 걸어 돌아오는 초여름 밤에 밀려오는 라일락 향기, 동네의 계곡에서 겨울을 이기고 산란한 도롱뇽 알을 본 봄날의 작은 흥분감 같은 것들. 이런 기쁨을 놓치지 않으며 살고 싶다. 생활의 작은 풍요를 날마다 누리며 살고 싶다. 모든 것이 소멸해가는 세월 속에서 삶의 의미가 되어주는 건 이토록 구체적이면서도 사소한 것들이다. 곧 사라질 희미한 존재이기에 우리는 그런 사소한 아름다움에 의해 구원받는 것이 아닐까.

○ 여름은 오래 그곳에 남아

오랜 편집자 생활을 뒤로하고 늦깎이 작가로 데뷔한 마쓰이에 마사시(1958년 생)의 데뷔작이다. 인간을 격려하고 삶을 위하는 건축을 추구하는 노건축가와 그를 경외하며 뒤따르는 주인공 청년의 아름다운 여름날을 담은 소설이다. 김춘미가 옮겼으며 비채에서 출간됐다.

세상의 모든
착하고 가난한 영혼들에게

연인을 기다리는 초조한 눈빛의 청년이 서 있는 광장을, 참깨 빵 시미트를 파는 중년의 노점상이 비를 긋는 거리를, 그 무엇도 되지 못했으나 누군가의 다정한 아버지가 저녁마다 돌아오는 작은 집을, 히잡을 쓴 여성이 혼자 커피를 마시며 앉아 있는 골목 카페를, 신실한 사람들이 하루에 다섯 번 기도하러 가는 사원을 애틋한 마음으로 바라본다. 내 몸도, 내 영혼도 거리에서 단련되었다. 걸어 다녀야 세상이 겨우 보이니 거리를 사랑할 수밖에. 꼭 나 같은 사람들이 저마다의 상처와 사연을 끌어안고 하루하루를 살아내는 일상의 공간들이 나를 사로잡는다.

이슬람 사원의 둥근 지붕과 가톨릭 교회의 뾰족탑이 나란히 솟은 도시. 히잡을 두른 여인과 짧은 치마를 입은 여인이 뒤섞인 도시. 1천 3백만 명의 발걸음 소리에 깨어나고 잠드는 도시. 한때 세계를 흔들었던 대제국은 오래전에 무너졌고, 제국민들의 자부심과 긍지도 스러져갔다. 도시는 패배했고, 영광은 과거의 것이 되었다. 비잔티움에서 콘스탄티노플로, 다시 이스탄불로 이름을 바꾸는 동안 도시는 쇠락해갔다. 거대한 제국과 화려한 궁전과 굳세던 종교는 낡아갔지만 생명은 계속 태어났다. 과거의 영화와 현재의 생명력이 더해져 도시는 점점 팽창해갔다. 동양과 서양, 기독교와 이슬람, 세속과 성지, 전통과 현대가 마구 뒤섞여 혼돈과 비애가 어린 얼굴로 늙어가고 있다. 젊은 날 명예와 성공을 가져봤지만 한순간에 쇠락해 남은 생을 추억에 기대어 살아가는 나이 든 남자. 허름한 입성에도 잘나가던 시절의 우아함이 남아 있는 남자. 인생이 허무하다는 것을 아는 쓸쓸한 다정함을 지닌 남자 같은 도시였다. 참혹한 실패를 겪어본 이들, 모든 것을 잃고 무너져본 적이 있는 것들에 나는 속수무책으로 끌린다. 그러니 한때 세계의 중심이었다가 변방으로 밀려나 아시아도 유럽도 되지 못한 이 도시를 사랑할 수밖에.

이번에는 오르한 파묵의 소설 《내 마음의 낯섦》을 따라 나선 길이었다. 주인공 메블루트는 내가 싫어하는 모든 요소를 갖춘 남자다. 능력은 부족하면서 공상에 빠지는 게 특기이자, 모든 것을 대수롭지 않게 여기는 재능만 타고났으며 덕분에 일평생 보장된 거라곤 가난뿐이다. 아이스크림 장사, 병아리콩밥 장사, 간이식당 지배인, 주차장 경비, 전기 검침원, 향우회 잡일 등 온갖 일을 전전하며 하루하루 성실히 살아가지만 끝내 성공하지 못한 사람. 지나치게 정직해 손해를 보기 일쑤인 남자. 늘그막에야 겨우 아파트 한 채를 갖게 되는 게 전부인 모습은 나의 아버지와도 닮아 있었다. 그 고지식하고 답답한 성격이 야기하는 무능함이 내 아버지를 떠올리게 해 편히 미워할 수도 없었다. '아, 몰라. 아빠는 아빠의 인생. 나는 내 인생을 사는 거지'라며 무책임하게 외면하고 싶었던 아빠의 고독한 삶. 그래도 아빠가 이 세상과 작별하는 순간에는 가족이 함께 있었고, 자식들은 모두 장성한 후였다. 나의 말년은 아빠의 마지막보다 훨씬 쓸쓸하고 가난할 것이다. 마음이 가는 대로만 움직이며 살다 보니, 어느새 예언처럼 약속된 노후가 기다리고 있다. 생계에 별반 도움이 안 될 국민연금과 노인 연금에 기대야 하는 삶. 젊은 날을 제멋대로 살아놓고 노년의 가난과 고독을 두려워해서야 안 되겠지.

아무튼 짜증 나는 메블루트에게도 장점은 있다. 낙관과 끈기라고나 할까. 사촌의 결혼식에서 딱 한 번 마주친 소녀에게 반해 3년간 편지로 구애한 끝에 함께 도망을 치는 데까지 이르렀으니.

메블루트의 이야기는 1960년대 후반부터 시작해 2012년에 끝이 난다. 그 반세기의 세월 동안 좌익과 우익으로 나뉘어 죽고 죽이는 혼란, 군사 쿠데타와 사이프러스 분쟁, 쿠르드족 문제 같은 터키의 현대사가 고스란히 따라온다. 시골에서 올라온 이들이 뽕나무를 심고 닭을 키우며 무허가 판잣집을 짓고 살던 곳이 고층 아파트에 밀려 사라지는 모습도 보여준다.

그래서 이 소설은 메블루트의 일생을 통해 이스탄불이라는 도시의 변화를 세세히 그려낸다.

소설을 읽고 나니 내가 알던 이스탄불이 그리워지고 내가 모르는 이스탄불이 궁금해졌다. 무엇보다 메블루트가 그토록 사랑한 보자boza의 정체가 궁금했다. 온갖 직업을 전전하면서도 보자 장사만큼은 포기하지 않다니, 도대체 보자란 무엇인가. "기장을 발효시켜 만든 것으로 걸쭉하며, 좋은 향기가 나고, 짙은 노란색의, 약간 알코올기가 있는 전통 음료." 이 설명으로는 아무것도 느껴지지 않았다. 보자를 마시고 싶어 잠이 안 올 지경이었다. 예정되어 있던 모스크바 여행 끝에 사흘 정도 이스탄불을 집어넣어 볼까. 다행히 항공료가 쌌다. 스시를 먹으러 동경에 다녀온다는 재벌집 딸 흉내를 내며 나는 이스탄불행 비행기를 끊었다. "보자를 마시기 위해 이스탄불에나 다녀와야겠어" 흥얼거리며. 고작 음료 따위가 궁금해 여행을 떠나는 일이 인생에 두 번은 없을 테니.

사흘의 짧은 여정에서 제일 먼저 찾아간 곳은 당연히 보자 가게였다. 오르한 파묵도 즐겨 찾는다는, 1876년에 문을 연 보자 가게였다. 놀랍게도 가게는 붐볐다. 복고적인 것들이 유행으로 되살아나더니 보자마저 재발견된 것일까. 모두들 열심히 작은 유리잔 속의 보자를 떠먹고 있었다. 세상에서 가장 중요한 일이 보자를 먹는 일이라는 듯 엄숙하고 고요하게.

술을 마실 수 없는 무슬림들이 알코올을 조금이라도 섭취하기 위해 즐겨 찾았다는 보자. 요구르트와 푸딩의 중간 식감에 살짝 텁텁한 첫맛과 달콤한 끝 맛, 계피와 설탕이 뒤섞인 보자. 시큼하고 달콤하고 향긋한 맛이었다. 거기에 사라져가는 음료라는 애잔한 맛이 더해졌다. 한 그릇을 싹싹 비운 후, 사람들이 메블루트에게 즐겨 물었듯 나도 직원에게 물었다.

"보자에는 술이 들어 있죠?"

메블루트처럼 그도 단호한 어조로 답했다.

"보자에는 술이 안 들어가요. 이건 천연 발효 음료라고요."

나는 만족스럽게 웃으며 자리에서 일어났다.

문을 열고 나설 때 서너 명의 남자들이 가게로 들어섰다. 어째서 이 도시의 사람들은 보자를 사랑하는 것일까. 이제는 온갖 다양한 음료와 술을 쉽게 구할 수 있는데도. 보자는 단순한 음료가 아니라 지나간 시절, 사라진 것들에 대한 어떤 은유인 것일까. 모든 것이 빠르게 변하고, 사라지는 이 도시에서 변하지 않고 남아 있는 무엇인지도 모르겠다. 파묵의 소설 속에는 혼자서 보자를 먹는 장면이 거의 없다는 사실이 뒤늦게 떠올랐다. 친구들과 혹은 대가족이 모여서 떠들썩하게 마시는 음료가 보자였다. 지금보다 더 가난하고, 더 엄격했던 시절이었지만 지금보다 더 풍성하고 희망이 넘쳤던 시절에 대한 향수가 보자는 아닐까. 나에게는 어린 시절 겨울밤 거리에서 들려오던 "메밀~무욱! 찹쌀~떠억!"을 그리워하는 마음이 남아 있는 것처럼.

보자 가게를 시작으로 나는 사흘 내내 이스탄불의 곳곳을 걸어 다녔다. 소설 속 메블루트의 집이 있었던 타흘라바시 거리와 그가 보자를 팔기 위해 즐겨 찾았던 베이올루, 지한기르, 시쉴리의 골목을 돌아다녔다. 몰락한 제국의 수도는 곳곳에 폐허를 품고 있었다. 높이 치솟은 모스크의 첨탑 뒤로 유럽식 석조 건물이 화려하게 서 있는가 하면 바로 옆에는 다 부서진 폐가들이 방치되어 서 있었다. 고급 맨션이 줄지어 선 거리의 뒤편에는 낡은 건물 안에 대가족이 모여 살았다.

아야소피아의 첨탑 너머로 노을이 지거나 아침 해가 뜰 무렵의 보스포루스 해협은 놀랄 만큼 우아해 매번 심장이 두근거렸다. 무엇보다 도시에는 활력이 살아 있었다. 게으른 나까지 조금 더 열심히 살아야 하지 않을까 싶은 기분이 들 정도였다. 어쩌면 거리에 가득한 노점상 덕분인지도 몰랐다. 보잘것없는 것들에 가족의 생계를 싣고 오늘 하루도 묵묵히 살아내는 사람들이 만드는 어떤 공기. 결코 가볍지 않지만 짓눌릴 정도로 무겁지도 않은 그런 생명력이 이스탄불의 거리에는 가득했다.

나는 혹시나 보자 장수를 만날까 싶어 유심히 노점상을 살폈다. 40킬로그램의 짐을 지고 하루에 30킬로미터를 걸으며 "보오오자아아~" 외친다는 보자 장수는 눈에 띄지 않았지만 무수한 사람들을 만났다. 갈라타 다리 위에서 낚싯대를 드리운 채 소일하는 남자들, 구슬픈 터키 가요를 틀어놓고 옥수수를 굽는 젊은 청년, 알 수 없는 단어를 외치며 수레를 밀고 가는 백발의 아버지와 장성한 아들, 찻잔이 담긴 쟁반을 손에 들고 배달을 가는 소년, 가죽 벨트 열 개쯤을 돗자리 위에 풀어놓고 담배를 피우는 50대의 남자. 이스탄불의 거리에는 여전히 수많은 메블루트가 있었다. 운명이 저를 내동댕이쳐도 스스로를 우습게 여기지 않으며 오늘을 살아내는 사람들이었다. 거리의 노점만큼은 아직 남자들의 영역인지 여자들은 보이지 않았다. 어딘가 좁은 집에서 아들과 아버지와 남편을 기다리는 여자들이 있을 터였다. 그녀들이 거리로 쏟아져 나와 자신의 이야기를 들려줄 날은 언제일까.

메블루트는 내가 반하기 어려운 유형의 남자였지만 제법 통하는 구석도 있었다. 걸으면 상상력이 가동된다는 말의 뜻을 알고, 메블루트처럼 '거리를 오가는 사람들을 바라보고,

자신이 본 것들에 대해 상상하고, 그것들에 대해 누군가와 이야기를 나누는 것'을 사랑한다. 낯선 나라를 돌아다니며 거리의 사람들을 만나고, 그들의 삶에 대해 상상하는 것, 그리고 그것들에 대해 씀으로써 이야기를 나누고자 하는 욕망.

내 삶은 온전히 거리에서 채워지고 있다. '내 안의 낯섦'조차 담담히 응시하며 거리에서 삶을 이어온 메블루트는 나였고, 나의 아버지였고, 내 이웃이었고, 세상의 모든 착하고 가난한 영혼이었다. 그리고 메블루트의 아내 라이하를 비롯한 그녀의 자매들. 아이를 낳고 키우며 집에서 남편을 기다리며 살아가는 순종적인 라이하도, 세상에 대항하며 저를 지키려 애쓰는 사미하도, 남편의 폭력과 무시에 시달리면서도 가족을 위해 제 삶을 희생하며 살아가는 웨디하 또한 나이자, 나의 어머니였고, 내 이웃이었고, 세상의 절반이었다. 어디에서나 고단하고, 누구에게나 예외 없이 가혹한 삶을 있는 힘껏 살아내는 이들. 평생을 살아온 도시와 자신 안에서 끝없이 낯선 것들과 대면하며 살아가야 하는 모든 인간의 이야기였다.

파묵이 자신이 쓴 최초의 페미니즘 소설이라고 말했듯이 나는 그녀들의 목소리로 이스탄불이라는 도시에서의 삶을 들었다. 그 목소리는 아직 낮고 희미했지만 조금씩 높아질 터였다. 그이들의 목소리 덕분에 이스탄불은 내게 낯설면서도 익숙한 도시가 되어 여전히 나를 부르고 있다.

○ 내 마음의 낯섦

노벨 문학상 수상 작가 오르한 파묵의 소설. “나는 나 자신을 설명할 때 이스탄불을, 이스탄불을 설명할 때 나 자신을 설명한다”고 말하며 이스탄불에 대한 각별한 애정을 밝힌 바 있던 오르한 파묵은 이 소설에서 문화적으로 복잡한 이스탄불의 40년 현대사를 흥미로운 스토리와 함께 환상적으로 그려냈다. 이난아가 옮겼고 민음사가 펴냈다.

중요한 것은
그곳에서 내가 행복한가이다

한바탕 잔치를 치르는 꿈을 꾼 것 같다. 잔치가 끝난 후에 남는 것은 허무함. 꿈이 깬 후에 남는 것은 현실의 고단함. 그러니 이중의 피곤함일 법도 한데, 아련한 그리움만이 남았다. 여러 면에서 비현실적인 나라 부탄에 두 번째 다녀왔다. 부탄에 올 때마다 나는 어리둥절해진다. 인구가 70만 명에 불과한 이 작은 나라가 꾸는 꿈이 너무 원대하기 때문이다. 부탄은 잘 알려진 대로 GNH(국민행복지수)라는 말을 만들어낸 나라다. 행복의 조건을 바라보는 부탄 정부의 관점은 신선하면서도 공감 가는 부분이 많다.

무엇보다 나는 환경이 삶에 미치는 영향을 믿는 사람인데 부탄은 깨끗한 자연과 풍요로운 생태계를 행복의 기본 조건으로 꼽는다. 물질적 성장만이 아닌 공정한 분배와 영적인 성장을 중요하게 여기는 점도 마음에 든다. 티베트 불교를 믿는 이 나라에서 불교는 원죄 의식 같은 것을 강조하지 않고도 인간의 선한 의지를 고양시키고, 가장 하찮은 생명조차 귀하게 여기게 한다. 외부 원조에 기대어 살아가면서 저토록 호방한 꿈이라니. 저축도 집도 없는 주제에 평생 여행하며 살겠다고 떠드는 나와 비슷하지 않은가. 말 자체가 지닌 힘을 믿기에 이루고 싶은 일이 생기면 일단 떠들기부터 하는 나로서는 부탄의 이 호기로운 선언에 끌릴 수밖에. 하물며 헌법으로 공표

한 선언이다.

2009년, 부탄 동쪽 끝의 작은 마을 치몽을 방문했을 때 나는 이 마을 사람들과 사랑에 빠졌다. 신화와 전설이 살아 있어 아무렇지도 않게 호수의 정령이나 환생승을 말하는 모습이 재미있었고, 초가지붕을 엮으며 노는 듯 일하는 남자들의 경쾌한 몸놀림이 근사했고, 수도도 전기도 없어 생활의 모든 것을 몸을 움직여 해결해야만 하는데도 아무도 시간이 없다고 말하지 않는 여유가 좋았다. 공동체가 살아 있어 아이부터 노인까지 저마다의 역할을 자연스레 해내는 모습도, 길거리의 개가 전생의 내 어머니일 수도 있기에 함부로 대하지 않는다는 모습도 인상적이었다. 그곳에서 삶은 기록하거나 찍는 것이 아니라 경험하는 것이었고, 놀이와 여가는 아직 돈으로 구매하는 상품이 아니었다.

두 번째로 부탄을 찾은 2017년 여름, 비행기 안에서 나는 에릭 와이너의 《행복의 지도》를 다시 읽었다. 미국인 기자가 행복하다고 소문난 나라를 찾아다닌 이야기다. 행복을 어떻게 측정할 것인가 하는 문제를 고민하며 행복의 나라를 찾아다니는 동안 그는 저널리스트의 특기를 어김없이 발휘한다. 끝도 없이 의심하고 납득할 때까지 질문하기. 부탄 편에서 그는 부탄에 끌리면서도 부탄은 샹그릴라가 아니라고 단언한다. 부탄이 비판받는 대표적인 이유는 민족 정체성 문제다. 부탄이 행복의 조건으로 꼽는 문화적 자긍심과 민족적 정체성은 '하나의 국가, 하나의 민족' 정책으로 이어져 힌두교를 믿는 네팔계 부탄인들에 대한 탄압을 낳았다. 국제 인권 감시단체Human Rights Watch에 따르면 1990년대에 부탄에서 강제 추방당한 네팔계 부탄인은 10만 8천 명에 이른다. '내 눈에 흙이 들어가기 전에는 외국인과 결혼은 절대 안 된다'고 외치다 고립되던 누구네 아버지들을 닮았다.

국가가 무상으로 교육의 기회를 제공하지만 2015년 기준으로 부탄의 문자 해독률은 63.9퍼센트에 불과하다. 의료 혜택도 무상이지만 유엔경제사회국UNDESA은 부탄의 영아 사망률이 26.9퍼센트(2016년 조사)에 달한다고 발표했다. 행복지수가 그토록 높다는 나라에서 이게 무슨 일이냐고? 부탄은 모두가 행복하다고 말한 적이 없다. 두 번째 여행에서 우리에게 GNH 정책을 설명한 부탄의 공무원도 그 점을 분명히 했다. 부탄은 행복을 향해 가고 있을 뿐 도달한 것이 결코 아니라고. 부탄을 민주주의 국가가 아니라 입헌군주의 탈을 쓴 왕정 국가라고 규정하는 비판도 있다. 하지만 체제가 그토록 중요한 것일까. 민주주의 국가인 내 나라는 지난 십 년간 나에게 표현의 자유를 억압당하고 있다는 불안감을 심어줬다. 《행복의 지도》에서도 지적한다. "민주주의가 행복을 증진시키는 것이 아니라, 행복한 곳이 민주적으로 변할 가능성이 높다"고. 시스템이나 체제보다 더 중요한 것은 선한 의지를 잃지 않은 채 자신의 주변 풍경을 사소한 것에서부터 바꿔가는 개인인지도 모른다.

혼자서 돌아다니는 여행을 선호하는 나에게 부탄은 불편한 나라다. 부탄은 자유 여행을 허락하지 않기 때문이다. 이 나라에서 여행을 하려면 가이드와 차량을 동반해야만 한다. 다른 선택지는 없다. 부탄은 외국인 관광객에 의해 자국의 문화와 자연이 망가지는 것을 극도로 경계한다. "관광은 환경과 생태를 보호하고, 사회적, 문화적으로 수용될 수 있어야 하고, 경제적으로 도움이 되는, 지속가능한 산업이어야 한다"고. 구구절절 옳은 말만 하며 완고하기 그지없는 보수적인 아버지를 보는 것 같다. 제집에 드나드는 이들을 철저히 단속하면 자식들을 단도리할 수 있다고 믿는 가부장적인 가장 말이다. 국가가 통제하는 여행은 내가 원하는 방식이 아니지만, 나는 기꺼이 받아들일 수 있다. 부탄이 조금이라도 이 모습으로 더 남아 있기를 바라는 내 이기적인 욕망 때문에. 물론 부탄은 내 바람대로 남아 있지 않을 것이다. 내가 포기하지 못하는 편리한 삶을 이 나라 사람들 또한 원하게 될 것이기에. 인간의 욕망을 국가가 통제하려는 시도는 언제나 실패해왔기에. 결국에는 가부장적인 아버지의 감시를 벗어나고 마는 자식들처럼 말이다. 욕망의 무조건적인 통제가 아니라 적절한 균형이 더 중요한 것임을 깨닫기 위해서는 아버지에게도 시간이 필요한 법이다.

두 번째 여행의 아흐레 동안 우리 차량을 운전한 기사 쿤은 이런 말을 했다. 행복해지고 싶다면 욕망을 버리라고. 아름다운 말이었지만 나는 그 말을 반만 받아들였다. 욕망으로 인해 우리는 불행해지기도 하지만 욕망으로 인해 앞으로 나아가기도 하기에. 욕망은 삶을 향한 엔진이다. 욕망이 없는 삶을 나는 상상할 수 없다. 단지 어떤 욕망을 버리고, 어떤 욕망을 선택할 것인가를 고민한다. 버는 돈의 몇 퍼센트 정도는 기꺼이 나누겠지만 내 행복을 중심에 놓고 싶다는 욕망, 무엇이든 감사히 먹으려 애쓰지만 가끔은 괜찮은 식당에서 좋아하는 음식을 먹고 싶다는 욕망, 불안정한 재정 상태를 받아들이는 대신 어디든 갈 수 있는 자유를 누리며 살겠다는 욕망, 혼자일 수 있는 시간과 공간이 절대적으로 중요하지만 걸어서 갈 수 있는 거리에 다정한 벗을 두고 싶다는 욕망. 이 모순적인 욕망을 끌어안으며 더 절실한 욕망에 충실하고 싶다. 내가 그러하듯 이 땅의 사람들 또한 욕망을 취사선택 해가는 동안 때로는 흔들리거나 무너지기도 하며 앞으로 나아갈 것이다.

8년 만에 다시 찾은 부탄에서 내가 본 것들은 이러했다. 내 친구이자 현지 여행사의 대표인 빼마의 밉지 않은 허세와 성공에 대한 욕망이 보이고, 전통 옷인 고와 키라 대신 청바지를 입고 K-pop과 한국 드라마에 빠진 젊은이들의 미혹이 보였다. 엄청나게 늘어난 차량과 공사 중인 건물들이 보였고, 이야기를 나누는 대신 제각기 휴대전화를 들여다보는 사람들도 보였다. 부탄의 행복연구소에서 진행한 GNH Talk 담당 공무원의 강박에 가까운 자부심도 보였다.

그 모습 너머로 다른 것들도 보였다. 자신의 집을 찾아온 손님을 최선을 다해 대접하면서도 당당함을 잃지 않는 젊은 부부의 의연한 태도를 보았다. 빼마의 집에서 부탄 가수 직메가 부탄 국경을 둘러싼 중국과 인도의 분쟁이 평화적으로 해결되기를 바란다며 연주한 '용머리장식호궁 담옌'을 들으며 그의 진심을 보았다. 우리의 가이드였던 우겐과 니둡의 적절한 배려와 빼어난 유머 속에, 식민지나 독재 같은 억압적 통치를 겪지 않은 이들의 여유를 보았다. 이 모든 것들 또한 빠르게 사라져갈지 모른다. 민가에 머무는 동안 멀리 떨어진 화장실을 오가거나 마당의 수돗가에서 세수를 하며 나도 모르게 내비쳤을지 모르는 불편한 얼굴은 젊은 안주인에게 현대식 화장실에 대한 욕망을 불러일으켰을 수도 있고, 아침저녁으로 내가 바르던 스킨로션과 나의 간편한 옷차림 또한 그녀의 검게 탄 얼굴과 불편한 전통 옷을 돌아보게 했을지도 모른다. 내가 잘 먹지 못해 많이 남긴 돼지 간 요리와 버터 차가 갑자기 부끄러워졌을지도 모른다. 낡은 바지에 슬리퍼 차림으로도 잘 지내던 친구가 옆집에 이사 와 친해진 이웃의 화려한 옷차림을 계기로 쇼윈도의 신상 원피스에 눈이 가게 되는 것처럼.

나는 부탄에 머무는 동안 누구에게도 행복하냐고 묻지 않았다. 행복을 수치화해서 측정하는 부탄의 'GNH Index'는 내 생각보다 훨씬 구체적이었지만, 그 또한 어쩌면 답이 정해진 얄팍한 사기일지도 모른다. 이런 의심에 대해《행복의 지도》의 저자는 부탄은 그렇게 닳아빠지지 않았다고 옹호했지만, 설혹 부탄이 GNH를 국가 마케팅 수단으로 팔아먹는다 해도 나에겐 별 문제가 아니다. 그러면 뭐가 어때서? 어차피 다들 무언가를 파는데, 무기도 아니고 마약도 아닌 이런 상품을 판다면 괜찮은 거 아닌가? 그런 내 태도는 어느 정도 그곳의 사람들에게 기인한 바가 컸다. 묻지 않아도, 답을 듣지 않아도 알 수 있는 것들이 있다. 가난을 숨길 수 없듯이 끝내 드러날 수밖에 없는 것이 있다. 내게는 부탄 사람들의 태도가 그러했다. 자연스러운 당당함과 순수한 겸손함, 최선을 다해 손님을 대접하면서도 비굴하지 않은 태도. 그 태도만큼은 첫 여행에서도 두 번째 여행에서도 변하지 않았다. 그런 수치 없이도, 이곳 사람들의 표정이 내가 사는 서울의 시민들보다 훨씬 풍부하고, 편안해 보였다.

부탄의 전통 병원을 방문했을 때다. 그곳 강당에서 부탄 교사들이 에어로빅을 배우고 있었다. “Shall we dance together? (함께 춤춰도 될까요?)” 묻는 우리에게 그들은 바로 자리를 내주었고, 우리 일행은 망설임도 없이 끼어들었다. 신나게 몸을 부대끼며 함께 춤을 추는 그들은 즐거워 보였다. 부탄에서 찍은 사진을 보면 함께 간 이들 모두가 활짝 웃고 있다. 부탄에서든 어디에서든 타인에게 행복하냐고 물을 필요가 있을까. 중요한 것은 ‘내가 그곳에서 행복했는가’였다. 그걸 묻는다면 나는 답할 수 있다. 매 순간이 충만함으로 가득했다고.

이 책의 에필로그에서 저자는 부탄의 지성인 카르마 우라의 말이 머리에서 떠나지 않는다고 고백한다. “개인적인 행복이란 건 존재하지 않습니다. 행복은 철저히 관계 속에 존재해요.” 자기 자신과 맺는 관계, 자연과 맺는 관계, 이웃과 맺는 관계의 고리들. 부탄에서는 그 고리가 아직은 끊어지지 않은 채 이어져 있었다.

○ 행복의 지도

저널리스트 에릭 와이너는 어느 날 자신이 불행한 나라들의 전쟁, 질병 같은 소식만 전하고 있다는 사실을 깨닫는다. 그래서 반대로 아무도 소식을 전한 적 없는 세계에서 가장 행복한 나라의 정체를 밝히기 위해 여행을 떠난다. 행복에 대한 재정의가 이루어지는 이 책은 김승욱의 번역으로 웅진지식하우스에서 출간됐다.

이 삶이 아닌
다른 삶으로

포르투갈
리스본

리스본행 야간열차

"어디로라도! 어디로라도! 이 세상 바깥이기만 하다면!"

보들레르의 절규는 여전히 살아 있다. 우리는 종종 여기가 아닌 다른 곳을 꿈꾼다. 이곳이 아닌 저곳이라면 진정한 삶을 살아갈 수 있을 거라고, 어떤 가면도 쓰지 않은 얼굴로 지낼 수 있을 거라고 믿으면서 자신에게 어울리는 장소를 찾아 평생을 방황하기도 한다. 때로 장소를 바꾸는 것만으로도 삶의 결이 달라진다. 그러니 장소에 대한 동경을 품은 사람들은 어쩌면 자기 삶을 변화시킬 가장 강력한 가능성을 지닌 이들인지도 모른다.

내가 서울이라는 도시에서 살아가는 이들의 무례함에 질릴 때면, 이 도시가 강제하는 소비의 규모에 허리가 휠 때면, 휴식 없이 달려만 가는 속도에 어지러울 때면 떠올리는 곳이 있다. 그곳에서라면 조금 더 예의를 지키면서, 가난에도 더 아무렇지 않게, 느릿느릿 살아갈 수 있을 것만 같다. 여행과 일상의 사이에서 약간의 긴장과 적당한 느슨함으로, 한 계절이 시작되고 저무는 모습을 온전히 지켜보고 싶은 곳.

포르투갈의 수도 리스본이 그런 곳이다. 유럽의 수도 중에서 이토록 고요한 도시가 있을까. 한때 영광을 누렸던 나라의 시민들 치고 이렇게 낮은 목소리로 말하며 살아가는 이들이 있을까. 마드리드보다 조용하고, 런던보다 소박하고, 파리보다 쇠락했으면서 그 모든 도시를 더한 것만큼이나 매력이 넘치는 곳. 어째서 리스본이냐고 묻는다면 이 도시를 사랑했던 여러 작가의 말을 빌려오고 싶다. 존 버거는 《여기, 우리가 만나는 곳》에서 죽은 어머니와 해후하는 장소로 리스본을 선택했다. 리스본은 카드놀이에서 '이기는 즐거움마저도 고요하기만' 한 곳이며 이 도시 사람들은 소리를 지르지 않는다면서. 리스본 사람들은 속삭이듯 작은 목소리로 이야기한다. 덕분에 들뜨기 잘하는 나조차 차분해지고는 했다. 정신없이 돌아다니기보다는 한 자리에 가만히 앉아 같은 풍경을 오래도록 몸에 새기게 되는 곳이었다.

《파이 이야기》의 얀 마텔은 소설 《포르투갈의 높은 산》에서 "포르투갈의 햇빛은 진주같이 부드럽게 빛나고, 감칠맛 나고 포근하다"며 "부드러운 빛과 노스탤지어와 가벼운 권태가 뒤섞"인 도시를 배경으로 환상적인 이야기를 풀어낸다. 나와 같은 모국어를 쓰는 작가 김한민은 한동안 리스본에 살며 그림을 그리고 글을 썼다. 그의 그래픽 노블 《비수기의 전문가들》에는 주인공이 새 삶을 찾아 떠나기 위해 검색을 거듭하는 장면이 나온다. 산책하기 좋고, 좋은 시인들이 한두 명은 있(었)고, 알파벳 문자를 쓰고, 공기가 나쁘지 않고, 지나친 민족적 자부심 같은 게 없는 곳 등 42가지의 까다로운 조건을 충족시킨 유일한 곳이 리스본이었다.

리스본에 가기 전이나 리스본에 다녀온 후면 늘 리스본에 관한 책을 찾아 읽었다. 리스본의 매력을 잘 드러내면서도 그 너머의 것을 이야기하는 책이라면 역시 파스칼 메르시어의 《리스본행 야간열차》다. 삶을 바꾸는 한 번의 여행에 관해 이토록 진지하게 파고든 책은 없었기에.

히브리어, 그리스어, 라틴어와 같은 고전의 세계에 둘러싸여 평생을 살아온 남자 그레고리우스. 매일 아침 8시 15분 전이면 학교로 향하는 시계추 같은 삶을 살아왔던 그가 우연히 마주친 포르투갈 여성과 어쩌다 손에 들어온 《언어의 연금술사》라는 포르투갈어 책으로 인해 평생 살아온 도시를 벗어날 생각을 하게 된다. "우리가 우리 안에 있는 것들 가운데 아주 작은 부분만을 경험할 수 있다면, 나머지는 어떻게 되는 걸까?"라는 책 속 문장에 꽂힌 그는 리스본행 야간열차에 몸을 싣는다.

30년이 넘도록 자신이 헌신한 학교의 교장에게 보내는 편지에는 마르쿠스 아우렐리우스의 《명상록》의 구절을 남긴다. "자기 영혼의 떨림을 따르지 않는 사람은 불행할 수밖에 없다." 그렇게 영혼의 떨림을 따라온 리스본에서 그는 《언어의 연금술사》를 쓴 의사 아마데우 프라두의 흔적을 좇는다.

존경받는 의사였던 그는 인간 백정이라고 불리던 비밀경찰의 목숨을 구한 후 사람들로부터 멸시를 받게 된다.

그 시절의 포르투갈은 우리의 풍경과도 겹쳐졌다. 말로 자신을 표현하지 못하는 권위적인 아버지와 아들 사이의 관계도, '거짓말을 잘하는 것이 생사를 가르는, 끔찍한 독재정치'도, 저항 운동을 하다 받은 고문으로 육체가 망가졌으나 끝내 존엄을 잃지 않았던 사람들도 닮아 있었다. 신의를 종교처럼 여기고 언어의 의미에 집착했던 아마데우의 삶을 좇는 동안 그레고리우스는 제 삶 또한 새롭게 구성해간다.

삶이 논리와 이성에 의해 움직이는 것만은 아니다. 아니, 어쩌면 우리 삶의 결정적인 일들은 우연에 기대어 혹은 운명적으로 일어나고는 한다. 아마데우가 "우리 인생의 진정한 감독은 우연이다"라고 했듯이. 시공간을 축으로 진행되는 우리의 삶에 있어서 시간은 죽음이라는 일방통행로를 따라 모두에게 같은 속도로 흘러간다. 시간이 우리의 의지와는 아무런 상관이 없는 데 비해 공간은 유동적이며 탄력적이다. 선택의 가능성이 있기에. 우연적으로 일어난 일, 찰나의 스치는 만남, 이런 것들이 어떤 공간에서는 필연적이고 운명적인 결과로 변할 수도 있다. 삶에서 예외성을 기대할 수 있는 것은 결국 '상상을 열어주는 공간'이다. 어떤 장소는 우리의 상상을 현실화시키고, 더 나아가 상상조차 하지 못했던 새 삶을 열어주기도 한다. 공간을 바꾼다는 것은 결국 삶의 예외성과 우연성 속으로 뛰어들어 삶 자체를 바꾸어내려는 의지가 아닐까.

내가 11월 중순에 갑자기 리스본으로 향한 이유는 책이 남긴 여운 때문이었다. 리스본은 과연 언덕의 도시였다. 이 도시에 대한 가이드북을 썼던 페소아는 일곱 개의 언덕이 있다고 했지만, 언덕의 개수는 늘 가벼운 논란거리였다. 트렁크를 끌고 그 무수한 계단을 올라가던 밤, 숨을 고르다 문득 뒤를 돌아보면 발밑으로 불빛이 일렁이고 있었다. 화려한 야경이 아닌, 그리운 마음을 불러일으키는 노란 불빛들이었다.

11월 중순이었는데도 리스본은 따뜻했다. 아침마다 햇살이 투명하게 쏟아져 내렸다. 따스한 온기와 테주강에서 불어오는 부드러운 바람, 느릿느릿 골목을 올라가는 노란 전차에 마음이 술렁거렸다. 전차가 비좁은 골목 사이로 지나갈 때면 건물 안에서 손을 내밀면 전차 안의 사람과 악수를 나눌 수도 있을 것 같았다. 선명한 레몬 색깔의 전차는 적당히 낡은 도시에 생기를 부여했다. 어두운 골목 사이로 노란 불빛을 밝힌 전차가 지나갈 때면 마음이 가볍게 술렁이고는 했다. 이 도시 사람들이 '사우다드Saudade'라고 부르는 애환의 정서. 슬픔, 애수 혹은 향수. 지금은 사라진 것들과 가버린 시대에 대한 애잔한 갈망. 나무틀을 댄 창가에 비치는 사람들의 얼굴도 향수에 젖어 있는 것 같았다.

유럽의 대항해 시대를 연 리스본은 한때 유럽에서 가장 풍요로운 도시였다. 1755년 11월 1일 전까지는. 만성절 축일에 일어난 지진과 세 차례의 해일, 5일간 이어진 화재. 이 참사로 도시의 대부분이 파괴되고, 주민의 10~20퍼센트가 생명을 잃었다. 잔인무도한 시간의 흔적이 켜켜이 쌓인 공간에 기대어 삶을 이어왔으니 이 도시의 정서가 애수라 해도 이상하지 않다.

인간이 장소에 기대어 삶을 이어가는 한 세상 어디에도 슬픔이 배이지 않은 도시는 없을 것이다. 삶이 있는 한 어떤 공간에서나 고통스러운 일들은 생겨난다. 다만 시간이라는 열차의 바퀴 자국이 그 상처를 희미하게 만들 뿐. 냉정한 시간이 이제는 치유자가 되는 아이러니가 우리의 삶이다. 길고 고통스러운 치유의 과정이 고스란히 쌓여온 공간에서 우리는 다시 살아간다. 지나가버린 시간을 그리워하면서도 공간을 바꾸어 삶 또한 변화시키고 싶다는 모순되는 욕망을 안은 채로. 리스본은 더 넓은 세계로 나아가길 원했던 도시였던 동시에 과거를 향한 진한 향수병을 앓는 도시였다. 소설 속 남자 아마데우 안에 길을 떠나길 원하는 여행자와 과거를 향한 그리움을 앓는 두 사람이 있었듯이.

나는 낮이면 아마데우의 집과 병원이 있던 곳으로 묘사된 바이루 알투 언덕을 거닐고, 그가 세상에서 가장 아름다운 거리라고 했던 아우구스타 대로를 기웃거렸다. 이 도시를 더욱 사랑스럽게 만드는 명물 에그타르트를 약처럼 꼬박꼬박 챙겨 먹는 일도 잊지 않았다. 도시에 어둠이 내리면 산타 주스타 타워에 올라 테주강과 주홍색 기와지붕들 너머로 해지는 모습을 바라본 후 구슬픈 파두의 선율이 흘러나오는 알파마 지구로 향했다. 좁은 테이블을 가득 채운 사람들 사이에 앉아 지금의 자신이 아닌 다른 가능성을 꿈꾸며 이 도시로 날아온 그레고리우스를 찾았다. 한 번 파두를 듣고 나면 그 애잔한 선율을 잊어버릴 수 없게 되듯, 한 번 리스본을 찾아오게 되면 리스본의 햇살과 바람은 몸과 영혼에 지워지지 않는 흔적을 남긴다. 그리고 어느 날 문득 영혼 안쪽에서부터 그 바람이 불어오고, 햇살이 몸을 데우기 시작할 것이다. 그런 밤이 오면 당신 또한 영혼의 떨림을 따라 리스본행 야간열차에 올라탈지도 모른다. 이 삶이 아닌 다른 삶으로, 지금이 아닌 먼 과거의 어느 순간으로 데려다줄 야간열차를.

○ 리스본행 야간열차

우리에게 '다르게 사는 삶도 가능하다'고 말해주는 파스칼 메르시어의 소설. 독일 하이델베르크대학 철학부에서 박사학위를 취득한 그의 본명은 페터 비에리. 다수의 철학서를 저술한 그는 소설을 발표할 때만 '파스칼 메르시아'라는 필명을 쓴다. 우리는 서로를, 또한 우리 자신을 얼마나 알 수 있을까에 대한 해소되지 않는 질문을 독자에게 남긴다. 전은경이 번역했고 들녘이 펴냈다.

진짜 미소를 짓는 곳

몽골

처음 보는 유목민 여인

무주택자에 노후 대책도 없이 혼자 살아가지만 별로 부러운 사람이 없다. 집이나 자식, 배우자가 있다 해서 그늘이 없는 삶은 아니라는 것도 알고, 나에게 없는 것을 욕망하는 삶의 피곤함도 알기 때문이다. 그런 나도 가끔은 타인이 지닌 것이 부러워질 때가 있다. 여행가인 내가 가보지 못한 곳을 다녀온 사람의 경험이다. 혹은 집 밖으로 평생 나간 적도 없는데 세상을 꿰뚫는 혜안을 가진 사람의 이야기다. 그런 글을 읽고 나면 잠시나마 기가 죽는다. 자괴감에 벽에 머리라도 박고 싶어진다. 작가이자 번역가인 배수아의 여행기 《처음 보는 유목민 여인》은 그런 면에서 나를 질투하게 만든 책이다. 그녀도, 나도 몽골에 다녀왔지만 우리의 여행은 너무나 달랐으니 말이다.

나는 알타이 투바라는 지명을 들어본 적도 없다. '몽골과 중국과 러시아의 접경 지역이며 카자흐스탄 국경과 인접한, 시베리아의 끝자락인 알타이.' 몽골의 수도 울란바토르에서 비행기로 서북부 국경 도시 욀기에로 두 시간을 날아간 후 버스로 다섯 시간을 더 가야 다다를 수 있는 곳이다. 어느 날 그녀는 독일어로 글을 쓰는 몽골 소설가 갈잔 치낙의 작품 《귀향》을 선물받는다. 그 책을 읽고 갈잔 치낙을 만나고 싶다는 열망에 휩싸인 그녀는 갈잔이 해마다 유럽인을 모아 자신의 고향 알타이로 데려간다는 사실을 알게 된다. 그녀는 다수가 독일인인 그룹에 끼어 작가이면서 샤먼이고 몽골의 소수민족 투바족의 추장인 갈잔 치낙이 이끄는 알타이 여행에 동행한다.

2천 명 남짓 남은 투바 유목민은 갈잔의 표현대로라면 "지평선 아래로 저물어가는 민족"이다. 책에 갈잔 치낙의 인물 사진이 없었다면 나는 이 글을 한 편의 소설로 읽었을지도 모른다. 그만큼 이 글은 일반적인 여행기에서 동떨어져 있다. "세계로부터 잊힌 땅이나 마찬가지인 알타이 산악 지대 깊숙한 곳"에 머무는 동안 그녀가 주로 한 일은 추위에 떨며 야크똥을 줍는 거였다. 그녀는 타인에게 쉽게 다가가지도 않으며, 같이 간 일행이 참여하는 여러 가지 활동에도 무관심하다. 당연하게도 대단한 모험이나 사건도 없다. 하이라이트라고 할 만한 사건은 투바인도 아닌 그녀가 참여하게 되는 '투바 미인대회' 정도다. 그런데도 이 여행기는 읽는 사람을 빨아들인다. 그녀가 그려내는 알타이의 풍경은 아름다움을 과장하지 않는데도 압도적이다. 온갖 냄새로 알타이를 묘사하는 부분은 필사하고 싶을 정도로 근사하다. 그녀가 솔직히 드러내는 자신의 어리숙함도 글에 생기를 부여한다. 서른 명의 저녁밥을 짓기 위해 고군분투하다가 대재앙에 가까운 결과물을 만들어내고 의기소침해진 그녀는 사랑스럽다. 더할 나위 없이 자세한 준비물 안내를 받았으면서도 따뜻한 옷을 준비해가지 않아 추위에 벌벌 떠는 모습조차 귀엽다. 그러던 어느 날, 그녀는 한 무리의 관광객과 마주친다.

"유목민과 최대한 어울려 그들의 삶을 공유하고자 하는 우리들의 유르테 곁에 관광객의 번쩍거리는 지프가 서 있는 것도, 잘 차려입은 도회적인 외모의 남녀가 턱을 치켜들고 우리의 몰골을 신기한 듯 구경하는 것도 마음에 들지 않았다. 지프와 플라스틱 야외 테이블은 몽골 초원에서 외국인 관광객의 상징이다. (……) 어느새 우리는 '관광객'이라는 단어와 우리 일행을 은연중에 구별하여 사용하는 자신들을 발견하게 된다."

그 모습은 20여 년 전, 몽골을 여행할 때의 나와 겹쳐졌다. 그 무렵 몽골을 여행하는 사람은 지금보다 훨씬 적었다. 대중교통이 없어 지프를 빌리는 게 당연했다. 그 비용을 줄이기 위해 숙소의 게시판에 쪽지를 붙여 다국적 팀을 꾸렸다. 대략의 루트만 정하고 내키는 곳에서 야영을 하며 느긋하게 다녔지만 북쪽의 홉스굴도 남쪽의 고비사막도 남들이 다 가는 곳이었다. 몽골을 여행하는 이들 대부분은 비슷한 곳을 가고, 입에 맞지 않는 양고기를 먹고, 유목민들의 게르에 초대받아

말젖으로 담은 술 아이락을 마셨다. 그녀의 눈으로 본다면 나는 관광객이었지만, 그때의 나는 자신을 여행자라고 믿었다.

여행으로 밥을 벌며 살아가는 지금, 나는 여행자와 관광객에 대한 분별심을 경계하게 되었다. 내 여행이나 당신의 관광이나 큰 차이가 없고, 내가 가고 당신도 가는 그곳은 더 이상 오지가 아니기 때문이다. 기술의 발달과 경제 수준의 향상은 어디에 살든지 모두의 삶을 비슷하게 만들었고, 여행에 있어서도 마찬가지다. 모험은 거의 불가능해졌고, 오지도 대부분 사라졌다. 여행은 이제 클릭 몇 번으로 간단히 살 수 있는 상품이 된 지 오래다. 내 친구의 말처럼 인류는 탐험을 여행으로 만들어왔고, 여행은 점점 관광이 되어가고 있다. 그러니 지금 나에게 의미 있는 질문은 여행 혹은 관광이라는 행위에 따르는 책임에 관한 것이다. 우리가 어떤 이름으로 스스로를 규정하든 우리는 모두 지나가는 이방인일 뿐이고, 지나가는 이의 미덕은 흔적을 남기지 않는 것이기에.

여행과 관광의 구별이 의미를 잃은 것처럼 유목민과 정주민을 바라보는 내 시선도 변해왔다. 정도의 차이가 있을지언정 우리는 유목하는 삶에 대한 동경을 품고 살아간다. 나 또한 아무도 나를 모르는 곳에서 무엇에도 얽매이지 않고 자유롭고 싶다는 갈망에 이끌려 몽골로 향했다. 유목민들의 거칠 것 없는 삶이 나를 위로하기를 바랐다. 그녀가 지적했듯 몽골은 현실감각을 잊어버리게 만들기에 좋은 곳이었다. 그곳은 나의 일상과 아득히 먼 곳이었다. 물리적 거리가 아니라 지형적 공간과 삶의 방식이 그러했다. 모래 언덕은 또 다른 모래 언덕으로 이어지고, 초원의 구릉은 또 다른 초원으로 끝없이 이어지던 땅이었다. 사방 어디를 둘러봐도 텅 빈 공간이 광활하게 펼쳐졌다. 아무런 쓸모나 소용도 없이 태초의 모습 그대로 모래 언덕과 호수와 초원이 있었다. 그 빈 공간에 유목민들의 텐트 게르가 점처럼 박혀 있었다.

가진 것이 별로 없으나 가난을 모르는 사람들, 잃을 것이 많지 않아 경계심도 적은 이들이었다. 그들의 주소 없는 삶은 나를 흔들었다. 두 시간이면 해체와 조립이 가능한 집 게르를 싣고 이동하며 살아간다는 것은 집착이 없는 삶을 뜻하는 것이라고 믿었다. 게르를 방문할 때면 그들은 늘 우리를 환영했지만 돌아서는 우리를 잡은 적도 없었다. 물질에 대한 집착 또한 그 땅에서는 생존을 방해하는 요소로만 보였다. 더 많이 가질수록 이동은 더 어려워질 테니까.

유목민이 생존을 위해 한 곳에서 다른 곳으로 풍경을 찾아 끝없이 이동하는 삶을 살아가는 존재라면 정착민은 앉은 자리에서 주변의 풍경을 스스로 만들어내는 존재다. 유목민이 풍경에 손을 대지 않고 관조하는 입장이라면 정착민은 풍경에 적극적으로 개입한다. 그 차이가 삶의 방식을 다르게 만드는 것은 아닐까. 관조하는 시선은 넓고 자유로울지언정 애착이 없다. 개입하는 시선은 좁고 답답할지언정 끈질기다. 그 무렵의 나는 유목민의 삶은 정주민의 애착을 완전히 버려야만 이루어진다고 믿었다. 나는 내가 어느 쪽에 속하기를 원하는지 확신할 수 없었다.

세월과 더불어 그런 생각은 조금씩 달라졌다. 그들이 나보다 적게 소유하고, 물질이든 사람이든 덜 집착하며 살아가는 것은 사실이겠지만, 그들의 삶 또한 종속적이지 않을까. 단지 얽매인 대상이 다를 뿐. 그들에게는 생존에 필수적인 말과 양 떼와 야크가 절대적인 우위다. 그들은 철저히 가축의 먹이를 찾아 이동하며, 가뭄이나 혹한처럼 자연재해가 그들의 목줄을 쥐고 있다. 내가 유목의 자유로움을 꿈꾸는 동시에 정착의 안정을 소중히 여기는 모순을 품고 살아가듯, 유목민들 또한 그러하지 않을까. 그렇지 않다면 게르마다 소중히 모셔져 있던 조상과 가족의 사진이나 낡은 텔레비전 같은 전자제품—전기가 들어오지 않는 곳임에도!—을 어떻게 설명할 수 있을까.

《처음 보는 유목민 여인》에는 이런 구절이 나온다.

"나는 아마 내 생애 동안 그곳 알타이에서, 심지어 몸이 아플 때조차도 가장 많은 미소를 지었던 것 같다. 진짜 미소 말이다."

나는 완벽하게 이 구절을 이해했다. 알타이가 아니어도 몽골에는 무한하고 광활한 풍경이 주는 위안이 있었고, 오래된 삶의 방식을 지켜가는 사람들이 주는 평화가 있었다. 그러나 이제 나는 정착과 유목이 나를 분열적인 존재로 만드는 화해할 수 없는 욕망이 아니라 내 안에서 조화를 이루는 모순임을 안다. 유목을 향한 갈망이 내 세계를 끝없이 확장시켜주는 만큼 정착을 향한 동경은 내 일상을 견고하게 지탱해준다. 이 두 개 중 무엇도 포기할 수 없다. 그럴 필요도 느끼지 못한다. 어디에서 어떤 방식으로 살아가든 인간은 저마다 소중한 것을 지키기 위해 애쓰는 아름다운 존재이기에.

○ 처음 보는 유목민 여인

소설가이자 번역가인 배수아가 알타이를 다녀와
쓴 글이다. "도저히 저항하지 못할 운명의 힘"이
이끄는 대로 가봤다고 말하는 여행자 배수아의 에세이.
난다에서 2015년 출간했다.

내 안에
신성이 깃드는 순간

이탈리아
베니스

베니스에서의 죽음

25년 전 나는 이 도시를 스치듯 지나갔다. 기차역에 배낭을 맡겨놓고 한나절 만에 한 도시를 찍고, 다음 도시로 향하는 그런 여행이었다. 베니스에 대한 인상이 깊이 남아 있을 리가 없다. 아름다운 물의 도시, 딱 그 정도였다. 두 해 전 여름, 석 달에 걸친 그리스와 스페인 여행을 마친 후 나는 마지막 여행지로 베니스를 선택했다. 어째서 베니스였는지는 잘 모르겠다. 신혼여행 후 첫 해외여행을 떠난 동생 부부가 어린 조카들을 나에게 맡기고 날아간 곳이 베니스여서일까.

누가 남매 아니랄까봐, 우리는 한때 비슷한 시기에 토마스 만의 소설에 경도되었다. 타고난 재능 여부와는 상관없이 글을 쓰며 살아가는 미래를 꿈꾸었던 젊은 시절, 토마스 만이 그의 작품에서 보여준 고결한 예술혼의 세계는 우리를 흔들었다. 세월이 흘러 드높았던 이상은 버린 지 오래이며, 스스로의 한계를 깨달은 지도 한참이다. 생계형 에세이스트가 되어 마감이 닥쳐야 겨우 글을 써내며 살고 있을 뿐. 그런 나와는 달리 동생의 가슴에는 여전히 불꽃이 일렁이고 있었는지 베니스에 다녀온 그는 이 도시와 토마스 만의 소설 《베니스에서의 죽음》을 열렬히 찬양했다. 그가 늘어놓은 찬사가 내 마음에도 불을 지폈다. 이렇게 이유를 되짚어가다 보니 모두 그저 핑계인 것 같다. 소설 속 주인공 아셴바흐 교수가 잘못 배달된 가방을 핑계로 다시 베니스로 돌아갔던 것처럼 말이다.

부와 명성과 예술적 성취를 모두 이룬 작가 아센바흐는 노년에 접어들어 베니스로 여행을 온다. 그는 자신의 글에서 천박한 단어를 모두 추방해 교과서에 실릴 정도의 모범적인 문체를 구사하는 예술가다. 평생 절제와 규범 속에서 살아온 그가 같은 호텔에 머무는 열네 살의 폴란드 소년 타치오에게서 '신적인 아름다움'을 발견한 후 사랑에 빠지고 만다. 보답받을 수도, 이룰 수도 없는 사랑으로 인해 결국 파멸해가는 예술가의 말로가 베니스의 리도 해변을 배경으로 펼쳐진다.

처음 이 소설을 읽었을 때는 소설의 배경이 베니스가 된 이유를 짐작하지 못했다. 베니스를 다시 찾아와 섬을 가로지르는 4백여 개의 다리 중 수십 개쯤 건너다닌 후에야 인정하게 되었다. 이 소설의 배경은 베니스가 아니면 안 되었던 거라고 (실제로 토마스 만은 이곳의 리도 섬에 머무는 동안 소설의 아이디어를 얻었다). 베니스는 이중성을 지닌 도시였다. 미와 추, 젊음과 늙음, 생성과 죽음, 신선과 부패가 공존하는 도시였다. 멀리서 바라보는 베니스는 아름답지만 가까이서 들여다보는 베니스는 허름했다. 낮의 베니스는 화려했지만 밤의 베니스는 스산했다. 산마르코 광장의 비둘기 떼와 운하 위를 날아다니는 갈매기들은 신생의 날갯짓을 멈추지 않지만, 짙은 녹색의 운하는 생명을 다한 채 썩어가고 있었다. 두칼레 궁과 산마르코 성당은 여전한 권위를 자랑하지만, 뒷골목의 건물들은 버려진 채 낡아가고 있었다. 그 대조적인 두 개의 얼굴이 베니스였다. 도덕과 윤리의 성 안에서 고결한 미에 집착해온 예술가가 평생 처음 자신의 성을 벗어난 대가로 무너지고 마는 모습을 그리기에 이 도시만큼 어울리는 곳이 없다는 생각이 들었다.

내가 머문 숙소의 주인 마리아는 베니스는 '사는 도시'가 아니라 관광객에 의해 '이용되는 도시'라고 했다. 무서운 물가와 연중 이어지는 소란과 운하의 오염을 피해 원주민들은 점점 베니스를 떠난다고 했다. 주인 없는 방앗간의 쥐들처럼 온 도시를 장악한 건 관광객이었다. 수상 버스 바포레토는 러시아워의 서울 지하철만큼이나 붐볐다. 바람의 방향이 맞을 때면 운하에서 올라오는 썩은 물 냄새가 코를 찔렀다. 유월 중순의 베니스는 이미 외지인으로 빽빽하게 들어찬 터였다. 이토록 기능성이 떨어지는 도시는 오랜만이었다. 그런데도 나는 어느새 이 도시의 아름다움에 매혹되어 그 모든 불편을 기꺼이 감수하고 있었다. 사랑에 빠져 평생 동안 고수해온 삶의 규칙을 하나씩 깨뜨리던 아셴바흐처럼. 산마르코 성당의 대리석 모자이크의 과감한 디자인에 홀리고, 두칼레 궁전의 화려함에 놀라고, 베르디에서 마리아 칼라스에 이르기까지 많은 이들이 사랑한 오페라하우스 라 페니체의 시들지 않는 권위에 눌렸다. 잠 때문에 망할 거라는 이야기를 평생 들어온 나였는데 잠자는 시간조차 아까웠다. 놓친 끼니는 죽어서라도 챙겨 먹겠다는 각오로 살아왔는데 밥을 안 먹어도 배고픈 줄을 몰랐다. 이른 아침에 숙소를 나서서 완전히 어두워진 후에야 돌아오고는 했다. 나는 잠에 취해 도시를 어슬렁거리는 몽유병자처럼 그렇게 돌아다녔다.

전염병에 걸려 죽어가면서도 타치오를 좇던 아센바흐의 모습이 이랬을까? 리알토 다리 위에 서서 오가는 곤돌라를 바라보던 어느 저녁, 내 눈앞의 비현실적인 풍경은 절대적인 아름다움으로 존재했던 미소년의 모습과 겹쳐졌다. 토마스 만이 이 도시를 두고 "아첨을 잘하는, 믿기 어려운 미녀 같은 도시. 나그네를 유혹하는 함정 같은 도시"라고 했던 말이 이해되었다. 곤돌라를 모는 사공도 오페라 아리아를 부를 줄 알고, 개를 데리고 산책 나온 동네 할머니조차 패션 센스를 뽐내는 도시였다. 허름한 식당의 테이블에도 이웃한 무라노 섬의 공예품 유리잔이 놓여 있었다. 도도하고 오만한 도시였다. 완벽한 아름다움에 대한 집착을 품은 도시였다.

낮에는 몽유병자처럼 돌아다니다가 밤이 오면 겨우 정신이

들었다. 마구 달려버린 지난 밤의 술자리를 반추하는 애주가처럼 나는 베니스의 낮을 돌아보곤 했다. 미몽에서 깨어나듯 주변의 사물이 다시 보였다. 베니스의 밤은 아름답지 않았다. 빈집이 많아 불빛이 부족했다. 페인트가 벗겨지고, 벽돌이 떨어져 나간 건물이 어두운 불빛에 비칠 때면 기괴하고 스산했다. 화려했던 베네치아 공국의 영광은 이 도시가 공들여 관리하는 건축물들에만 남아 있었다. 도시가 가라앉아가고, 운하는 썩어가기에 이 도시가 성취한 아름다움이 더 극명하게 빛났다.

소설에서 아셴바흐는 소크라테스를 빌어 사랑하는 이 안에는 신이 존재하기 때문에 사랑받는 이보다 더 신적이라는 말을 한다. 베니스를 사랑하게 된 내 안에도 신성이 깃드는 순간이 찾아왔다. '불사조'라는 이름처럼 두 번의 화마에서 재건된 오페라하우스를 둘러볼 때였다. 오페라하우스에서는 그날 밤 공연의 리허설이 진행되고 있었다. 벨리니의 오페라 '몽유병 여인'이었다. 로얄 박스석이 열려 있어서 그곳에서 리허설을 관람했다. 알아듣지도 못하고 내용도 모르는 오페라인데 정신없이 빠져들었다. 막이 내려간 후에야 일어섰으니.

휘청거리며 3층으로 올라가고 있을 때, 어디에선가 피아노 선율이 들려왔다. 소리를 따라가니 '그랑 살롱'이라는 홀이었다. 흰 셔츠에 검은 바지를 입은 피아니스트가 그랜드 피아노를 연주하고 있었다. 연분홍과 하늘색으로 꾸며진 살롱에는 오후의 부드러운 빛이 커튼 사이로 스며들고 있었다. 천장의 샹들리에 불빛에 검은 피아노가 반짝였다. 다른 관람객들 몇몇이 잠시 기웃거리다 돌아섰다. 줄 맞춰 놓인 흰 의자에 나도 모르는 새 앉아 있었다.

그곳에는 그녀와 나뿐이었다. 피아니스트는 길고 가는 손가락을 더없이 우아하게 움직이며 내가 알지 못하는 곡을 연주했다. 모든 것이 완벽하도록 조화로웠다. 피아노의 선율도, 그 공간에 드리운 빛도, 연주자의 옷차림조차도. 연주의 절정 부분을 좇아가던 나는 먹먹한 기분에 사로잡혔다. 이유를 알 수 없는 눈물이 고였다. 내가 다다를 수 없는 고상한 세계, 내가 이해할 수 없던 예술의 세계가 그 문을 열어주고 있었다. 나에게는 예술가로서의 재능도, 부족한 재능을 보완할 부지런한 열정도 주어지지 않았음을 깨달았던 젊은 날 이후, 늘 나를 좌절하게 했던 그 단단한 세계가 잠시 열어준 찰나의 틈. 나는 그제야 진정으로 아센바흐를 이해할 수 있게 되었다. 절대적인 미의 세계를 엿보다가 끝내 파멸에 이른 순간에도 그는 슬프지 않았을 것이다. 여행이 내게 이런 순간을 열어주는 한, 나는 마지막까지 떠돌며 살아갈 것이다. 다시 힘을 내어 이 세계의 온갖 미혹 속으로 기꺼이 뛰어들어 잠들지 못하는 '몽유병 여인'이 될 것이다.

연습이 끝났는지 피아니스트가 일어섰다. 나는 그녀에게 다가갔다.

"연주 정말 좋았어요. 공연이 오늘인가요?"

"네, 오늘 저녁 8시예요."

"혹시 표가 있을까요?"

"매진이라고 들었어요."

역시 내게는 먼 세계였다. 그 거리가 오히려 나를 안심하게 만들었다.

○ 베니스에서의 죽음

20세기 독일의 위대한 작가 토마스 만의 소설. 토마스 만이 세상을 떠난 지 16년 만인 1971년에 비스콘티 감독에 의해 영화로 만들어졌다. 당시 수천 명의 후보자 중 비요른 안데르센이 타치오의 배역을 맡게 되었고, 그는 '세기의 미소년'이라 불리며 유명해졌으나 많은 루머와 관심을 떠나 자신이 하고 싶던 음악을 하며 평범한 일상을 지켜냈다. 영화와 소설 모두 고전이 된 이 작품은 민음사에서 펴낸 단편집에 수록되어 있다. 안삼환이 옮겼다.

책을 읽으면
우리는 혼자가 아니다

2 장

우리는 모두,
이방인

이란

페르세폴리스

장면 1. 2006년, 시라즈의 하페즈 무덤

이란 사람들은 살면서 결정할 일이 생길 때면 시인 하페즈의 시집을 들고 그의 무덤을 찾아간다. 이란에서 코란 다음으로 많이 팔린 시집의 주인공이자, 괴테가 '대적할 자 없는 시인'이라 칭송했다는 14세기의 시인이다. 무덤을 한 바퀴 돌며 질문을 던진 후 그의 시집을 펼쳐 오른쪽 페이지의 첫 구절로 답을 구한다나. 그 질문과 답에 얽힌 실화 중 하나. 하페즈의 후대 시인들이 사후에 하페즈 곁에 묻히고 싶어 했다. 반대 여론이 만만치 않았다. 시라즈의 시민들은 죽은 시인에게 직접 묻기로 했다. 하페즈가 자신의 시집을 통해 건넨 대답은 이러했다.

"내 눈 그늘 아래, 내 눈이 보는 것은 당신들의 것. 여기가 당신들의 둥지이니 부디 내려오시오."

덕분에 하페즈의 무덤 주변에는 10여 명의 이란 시인들이 함께 묻혀 있다. 하페즈에게 나도 내 운명의 방향을 물었다.

"언젠가는 저도 유랑을 끝내고 정착할 수 있을까요?"

하페즈의 대답은 이러했다.

"내 마음은 보헤미안이 가져가 버렸네. 믿을 수 없고 변덕스러우며 잔인한 보헤미안. 그 운명의 길에서 벗어나지 말지니."

영험한 하페즈 님 앞에 바로 무릎을 꿇었다.

장면 2. 2012년 8월 11일, 이란 국영방송

이란 북서부 타브리즈에 강진이 발생해 3백 명 이상이 사망하고 3천 명 이상이 다쳤다. 그날 국영방송 뉴스의 오프닝 멘트는 이렇게 시작되었다.

"세상은 한 몸. 누군가 아프면, 모두가 아프다."

하페즈 못지않게 사랑받는 이란의 시인 사디의 시 구절이었다. 이란에서 시는 일상이다. 정치적 논쟁에서도 시를 읊고, 경조사도 시를 인용해 알린다. 전국에 시인의 이름을 딴 거리와 광장, 찻집이 즐비하다. '사디 광장 옆 하페즈 거리 루미 찻집'에서 약속을 잡는 일이 허다하다. (*이란 대사였던 송웅엽 씨의 글에서 인용.)

장면 3. 2006년, 이란 야즈드의 자메 모스크 앞

이란에 도착한 첫날이었다. 국장이 열리고 있었다. 검은 옷을 엄격하게 차려입은 여자들이 도처에 가득했다. 장중한 애도의 물결인가 싶었던 그 차림이 일상복임을 깨닫는 순간 멍해졌다. 그러니 모스크를 스케치하던 사라와 마르지아의 옷차림은 눈에 띌 수밖에. 미대생인 그녀들은 하늘색 스카프를 귓가에 아슬아슬하게 걸치고 청바지와 셔츠를 맵시 있게 차려입었다. 옷차림이 예쁘다는 내 칭찬에 그녀들은 목련꽃 같은 웃음을 터트렸다.

"이렇게 입고 다니면 '나쁜 여자들'이라고 욕먹어요."

이란에서 여자는 아홉 살부터 스카프를 써야 하고, 외국인도 예외는 아니었다. 젊은 남녀가 함께 다니면 관계를 확인하는 경찰의 검문을 각오해야 했다.

"우린 대학에 들어와 남자친구가 생기면 섹스만 빼고 다 해요. 결혼할 때 처녀성 검사를 요구하는 남자들이 있어서 섹스까지 하는 애들은 드물죠."

남쪽 지방에서는 초야의 피 묻은 천을 내걸기도 한다는 말을 전하며 그녀들은 고개를 설레설레 저었다.

장면 4. 2006년, 테헤란의 거리

시장을 둘러보던 중 이란 남자가 엉덩이를 만지고 지나갔다. 벌써 두 번째였다. 며칠 전에는 한 남자가 "헬로우!"를 외치며 다가와 가슴을 더듬고는 달아나더니. 테헤란에서 만난 이란 여성 파란이 조언했다.

"이런 일반화는 위험하지만, 무슬림 남자는 믿지 마. 이 나라의 남자들은 여성에 대해 마음대로 해도 된다고 교육받으며 자라니까."

자신 역시 종종 성희롱을 당하지만 경찰서에 가봤자 경찰의 답은 늘 같다고 했다.

"네가 그렇게 만들었다. 네 옷차림이, 네 화장법이, 네 걸음걸이가."

죄는 늘 '정숙하지 못한' 여성에게 돌아오는 사회가 이란이라고 그녀는 분개했다.

나에게 이란하면 떠오르는 이미지는 딱 두 개였다. 아무리 달리고 달려도 나오지 않는 내 친구의 집과 올리브 나무 사이로 이어지던 구불구불한 길. 두 편의 영화가 만든 단편적이고 피상적인 이미지가 전부였다. 그러니 이란을 찾아가던 내 마음은 '흙집들이랑 올리브 나무 사이로 걸어 다니다 와야지' 정도였다. 나는 무지했던 만큼 이란의 문화적 자산에 입이 딱 벌어졌다. 페르시아 제국의 수도 페르세폴리스의 어마어마한 유적에 숨이 막히더니 에스파한 이맘 광장의 우아함과 4백 년 넘은 돌다리들의 아름다움이 나를 강타했다. 옛 공중 목욕탕을 개조한 식당의 화려함과 궁전 정원에 페르시안 카페트를 깔아놓은 찻집의 세련미에 기가 죽었다. 일상에서 시를 자유자재로 인용하며 이야기를 나누는 사람들 앞에서는 무릎을 꿇고 싶을 정도였다. 내가 상상도 하지 못했던 풍요롭고 고상한 세계가 그곳에 있었다. 특히나 시! 이란에서는 오래전 세상을 떠난 시인들이 산 자들의 삶 속에 생생히 살아 있었다. 13세기의 위대한 시인 루미도, 하페즈도, 사디도 이란인들의 일상에서 끝없이 회자되고 있었다.

동시에 이란은 저급하고 허약한 세계이기도 했다. 다양성을 인정하지 않는 권위적인 모습, 법과 종교의 이름으로 약자와 반대자를 억압하는 비극이 종종 발생하는 나라였다. 여성에게 가해지는 차별과 정치적 종교적 신념이 다른 이들에 대한 핍박이 흔하다고 했다. 어디에나 모순이 존재하지만 이란에서는 그 간극이 극단적이었다. 특히나 여성의 삶에 가해지는 제약이 가혹했다. 그런 면은 내가 여행하던 십수 년 전만이 아니라 지금도 여전한 것 같다. 히잡을 쓰지 않은 자신의 사진을 SNS에 올렸다고 이란의 여성 모델 여덟 명이 경찰에 체포된 게 불과 2년 전의 일이니. 국가가 개인의 옷차림과 연애, 종교관 같은 사적인 영역까지 감시하고 통제하려 든다면 드러내는 삶과 감추는 삶 사이의 괴리가 커질 수밖에 없을 텐데, 그 혼란을 어떻게 견디는 걸까? 나는 풀리지 않는 의문을 품고 이란을 떠났다.

몇 년 후 그 대답이 되어준 《페르세폴리스》를 만났다. 이란에서 나고 자라 유럽에서 활동하는 작가이자 감독 마르잔 사트라피는 현대 이란의 혼돈과 모순을 자신의 삶을 통해 세밀하게 드러낸다. 이 책《페르세폴리스》는 전쟁과 폭력, 차별과 근본주의에 반대해 기꺼이 경계인이 되고자 하는 이의 이야기이자 끝까지 자기 자신으로 남고자 하는 모든 아웃사이더에게 내미는 따뜻한 손이다. 나는 이 책을 애니메이션으로 먼저 만났고, 그 후 원작이 된 동명의 그래픽노블을 찾아 읽었다. 흑백의 단순한 그림체 속에 펼쳐지는 이야기는 유려하고 경이롭고 슬프면서도 유머러스하다. 마치 페르시안 카페트처럼 다채롭다.

1979년 '이란 혁명'이 일어난 후 이란인의 삶은 원치 않는 격동 속으로 휘말려 들어갔다. 이란의 현대사는 "종속과 저항"의 역사로 표현된다. 그 땅에서 석유가 발견된 이후 서구 열강은 이란을 손에 쥐고 흔들기 시작했다. 자유로운 분위기의 부유한 가정에서 태어나 펑크락에 열광하는 소녀 마르잔 또한 역사의 소용돌이 속으로 휘말린다. 공산주의자였던 자신의 할아버지가 감옥에서 물고문을 받았다는 이야기를 들은 밤, 소녀는 욕조에 오랫동안 몸을 담그고 물로 가득 찬 감옥을 상상한다. 마르잔은 퉁퉁 불은 제 손을 통해 할아버지의 고통에 가닿으려 애쓴다. 그런 딸이 자유롭게 자라도록 부모는 열네 살의 마르잔을 혼자 오스트리아로 보낸다.

이란의 가족에게 느끼는 가책과 조국의 현실을 잊고 싶은 이기심 사이의 괴리를 그녀는 스스로를 학대하는 방식으로 견뎌낸다. 한 국가의 모순이 개인의 삶을 어떻게 무너뜨리며 관통하는지를, 그렇기에 어떤 개인도 체제의 굴레로부터 자유로울 수 없음을 마르잔은 자신의 삶을 통해 보여준다. 어디에도 온전히 속하지 못하는 그녀는 이란도, 유럽도, 자기 자신도, 타인도 낯설게 느낀다. 자신이 서 있는 곳에 대한 거리감을 유지할 수 있다는 것, 그것은 주변인이자 경계인의 특권이다. 그 특권은 치열한 자기 응시를 통해 고통을 견뎌낸 이들만이 누릴 수 있다. 경계인이 제 삶을 통해 들려주는 이야기는 낮은 목소리로도 멀리까지 전달된다. 자신을 둘러싼 세계를 향해 유지하는 그 거리감이 보편성을 획득하게 해주기에.

어디에도 속하지 못한 채 오직 나 자신의 벗으로만 남은 나 같은 주변인에게 마르잔이 인터뷰에서 했던 말은 울림이 컸다.

"한 번 조국을 떠나본 사람은 어디에서든 살아갈 수 있어요. 어디에서도 내가 이방인이라고 생각하지 않지만 동시에 세계의 모든 곳에서 나는 이방인이기도 해요. 그렇게 느끼는 건 꽤나 괜찮은 일이구요."

너도 그렇지 않아? 너도 어디에서든 이방인이라고 느끼며 살아가지 않아? 끝없이 짐을 싸고 푸는 삶을 살아가는 나에게 돌아올 곳은 언제나 정해져 있다. 모국어의 성벽에 갇힌 나에게는 자유롭게 구사할 수 있는 유일한 언어가 한국어라는 이유만으로 서울은 돌아와야 하는 곳이었다. 하지만 같은 말을 쓰면서도 서로 다른 언어를 말하고 있다고 느꼈던 적이 얼마나 많았던가. 예멘 난민 사태나 성소수자 이슈에 대한 혐오의 댓글을 볼 때면, 매일 오가는 광화문 광장에서 속수무책으로 언어의 폭력을 당할 때면, 노키즈존이라는 배제와 차별이 점점 번져갈 때면 나는 이 땅이 낯설었다. 결혼한 자식들의 삶에 시시콜콜 간섭하는 부모의 모습도, 현실이 이러니 어쩔 수 없다며 아이들을 학원으로 내모는 젊은 부모의 모습도 낯설었다. 잠시도 참지 못하고 자동차의 클랙션을 눌러대는 성급함에도, 작은 문제라도 생기면 무조건 목소리부터 높이고 보는 모습에도, 끝없이 타인의 삶에 대해 이야기하며 살아가는 삶에도 한숨이 나왔다. 나는 종종 이방인의 심정이 되고는 했다.

반면에 집에서 가장 멀리 떨어진 곳에서 이방인이 아니라고, 혼자가 아니라고 느낄 때도 있었다. 결국 장소는 중요하지 않았다. 그곳이 어디든 마음을 나눌 수 있는 한 사람이 있다면, 그곳에서 나는 소외된 이방인이 아니었다. 지난해 봄,

연보라색 라일락이 흐드러지게 피어 있던 리투아니아의 헤이마 국립공원에서 사흘을 보냈다. 내 곁에는 스위스에서 온 요하나가 있었다. 우리는 함께 숲길과 바닷길을 걷고, 함께 밥을 먹었다. 아직 시즌이 시작되기 전이라 호스텔의 손님은 우리뿐이었다. 이른 저녁을 지어 먹고 나면 차를 마시며 이야기를 나누었다. 벽난로에는 장작이 타오르고 있었고, 숲의 밤은 고요했다. 마음이 절로 평화로워지는 곳이었다. 우리는 오직 자기 자신이 되고 싶은 갈망에 가정을 박차고 나온 공동의 경험이 있었다. 국적도 다르고 나이도 달랐지만, 제도 밖으로 자발적으로 떨어져 나온 주변인으로서의 정서를 공유했다. 우리는 서로가 속한 사회를 답답하다 느꼈고, 도시의 소음이 사라진 자연의 공간에서 보내는 시간을 삶의 필수요소로 봤으며, 다정한 이야기를 나누며 타인과 시간을 보낸 후에는 돌아가 쉴 수 있는 자기만의 방을 필요로 했다. 미래를 위해 현재를 저당 잡히기보다는 오늘을 충실하게 살고자 했다. 삶의 결이 비슷한 이가 가까이 머무는 한, 나는 혼자라고 느껴지지 않았다.

여성으로, 프리랜서로, 비혼으로 살아가는 한 나는 이방인의 정서를 품은 채 이 땅에 머물게 될 것이다. 나이가 더 들어가면 '노인'이라는 주변인에 가까워질 것이다. 결국 어떤 면에서 우리 모두는 약자이자 주변인이기도 하다. 테헤란을 낯설게 느끼는 마르잔처럼, 서울을 낯설게 느끼는 나처럼, 제네바를 낯설게 느끼는 요하나처럼, 자신이 서 있는 곳을 낯설게 느끼는 이들이 많아질수록 세상은 조금 더 나아지지 않을까. 타인의 시선보다는 자신의 목소리에 귀를 기울이고, 자신을 둘러싼 세계의 이면을 들여다보며 끊임없이 질문을 던지는 이들. 다수가 옳다고 믿는 문제에 대해서 의심하고, 독립적인 개인으로서 사고하기를 멈추지 않는 이들. 자신에게도, 세계에도 진실하고자 하는 열렬한 갈망은, 우리를 구원하지는 못한다 해도 적어도 스스로를 속이지 않았다는 위로를 준다. 삶을 견디게 하는 것은 결국 그런 사소한 위안이다.

○ 페르세폴리스

이란에서 유년 시절을 보내고 오스트리아에서 유학한 후 다시 이란으로 돌아와 결혼과 이혼을 한 작가 마르잔 사트라피의 자전적 이야기를 담은 그래픽노블. 혼란스러운 정치 상황을 겪고 방황하면서도 유머와 존엄을 잃지 않는 인물이 매력적이다. 박언주가 옮겼고 휴머니스트가 펴냈다.

속절없이 쏟아지는

빛, 빛, 빛

"나는 아무것도 바라지 않는다. 나는 아무것도 두려워하지 않는다. 나는 자유다."

이 문장에 매혹당하지 않을 수 있을까. 해탈의 경지에 들어서야 할 수 있을 듯한 선언이다. 치열한 삶을 살고 죽음을 담담히 기다릴 무렵에는 이렇게 말할 수 있을까.

우리가 아직 경제성장의 혜택을 누리던 시절. 대학 졸업장만 있으면 적당히 먹고 살 수 있었고, 한두 번 도전에 실패해도 일어서는 일이 가능했던 호황의 시기. 호연지기를 품을 수 있는 시절 덕분에 청춘의 깃발이 '자유'나 '민주' 같은 것이 될 수 있었다.

그 시절 20대의 꿈은 원대했다. 조국의 민주화, 남북통일, 사회주의 국가의 건설. 이런 거대담론을 자신의 꿈이라고 말하는 게 이상하지 않았다. 80년대가 저물고 90년대가 시작될 무렵, 나처럼 개인의 욕망을 슬그머니 깃발로 치켜든 대학생도 등장했다. 나는 나 자신으로만 살고 싶었다. 그 무거운 이념으로부터, 성장을 향해 달려가는 속도로부터, 사회가 나에게 기대하는 역할로부터 자유롭고 싶었다. 그래서 한반도를 벗어났고, 어디에도 집을 짓지 않은 채 유목민으로 떠돌며 살았다. 그 사이 세상은 바뀌었고, 청춘의 신념과 꿈도 달라졌다. 그들이 이룰 수 있는 것도 터무니없이 작아졌고, 한 번의 실패는 영원한 패배가 되기 쉬워졌다. 당연하게도 그들의 꿈도 소박해졌다. 시스템 바깥으로 용감히 떠난다 해도 돌아와 자립할 수 있는 자리는 턱없이 좁아졌다. 내가 10년만 늦게 태어났다면 지금 누리는 삶의 많은 것을 포기해야 했을 것이다.

《그리스인 조르바》는 나의 20대와 30대를 온통 뒤흔든 자유의 표상이었다. 서른넷에 세상 밖으로 나갈 수 있었던 건 내가 조르바를 꿈꾸었기 때문이었다. '조르바 같은 남자를 만나겠다'가 아니고, 나는 조르바처럼 살기를 원했다. 그때 내가 갈망했던 건 나를 둘러싼 모든 것으로부터의 자유였다.

요르고스 조르바스라는 실존인물이 모델인 조르바. 그는 술을 마실 땐 술이 되고, 악기 산투르를 켤 때는 산투르가 되어버리고, 여자와 키스할 때는 키스만을 생각하는 남자다. 도자기를 굽다가 손가락이 거치적거린다는 이유로 손도끼를 들어 잘라버리고, 인간이란 자유를 뜻하는 거라고 제 보스에게 선언하는 사람이다. 그러면서도 꽃 핀 나무나 술 한 잔, 바다의 파도 소리에 매번 놀라며 의문을 갖는다. 모든 사물을 늘 처음 보는 듯이 대함으로써 매일 새로운 세계를 창조하는, 위대한 시인의 자질을 타고난 일자 무식쟁이. 과거에 얽매이지 않고, 미래를 염려하지도 않고, 그저 오늘을 살 뿐인 사람이다. 그러니 좌충우돌할 수밖에 없다. 말썽을 만들고 싶지 않다는 두목의 말에 "산다는 게 곧 말썽이오"라고 대꾸한 그는 "죽으면 말썽이 없지. 두목, 당신, 산다는 게 뭘 의미하는지 아시오? 허리띠를 풀고 말썽거리를 만드는 게 바로 삶이오!" 그렇게 외친다.

조르바처럼 나도 거침없이, 대담하게, 육체와 영혼의 조화를 이루며 살아가고 싶었다. 삶이 던져주는 온갖 말썽과 실패에도 이건 내가 살아 있다는 증거일 뿐이라고 호기롭게 외치는 사람이고 싶었다. 젊었던 그 시절, 나는 자유롭고 담대한 영혼이고 싶어 영원히 돌아오지 않을 것처럼 한반도를 떠났다. 그리고 나는 조르바가 되기는커녕, 조르바를 닮은 남자조차 만나지 못했다. 나는 여전히 두려움이 많고, 바라는 것도 많은 소시민에 불과했다.

정확히 25년 만에 그리스를 다시 찾아갈 기회가 왔을 때, 나는 조르바를 떠올렸다. 마흔을 훌쩍 넘긴 내게 조르바는 여전히 같은 결로 다가올까? 청춘의 시절에 사랑했던 여행지를 다시 찾아갈 때 느끼는 불안에 더해 한 시절 빛이 되어주었던 책을 다시 찾아 읽는 데도 용기가 필요했다. 나는 설렘과 두려움이 뒤섞인 마음으로 책을 들었다. 그리스의 작은 섬 이드라로 향하는 배 안이었다. 그리스계 미국인 남자와 결혼한 친구 덕이었다. 남편 조지가 지나가듯 이드라 섬의 자기 집에 머물라고 던진 말을 나는 구원의 밧줄인 양 붙잡았다. '조르바를 만나 영화 〈맘마미아〉를 찍겠다'고 호언장담하며 그리스로 떠났다.

자동차와 오토바이가 금지된 섬은 깨끗하고 고요했다. 딱히 할 일이 없었던 나는 매일 섬의 동쪽으로, 서쪽으로 걸어 다녔다. 이드라에 이어 산토리니와 미코노스, 델로스, 낙소스와 크레타에 이르기까지 그리스의 섬들을 둘러보며 틈틈이 조르바를 찾아다녔다. 그리스에서 가장 인상적인 건 빛이었다. 마치 태초의 빛처럼, 빛 외에는 아무것도 태어나지 않은 것처럼 빛으로 흥건한 땅이었다. 강렬하고 순수한 빛이 이른 아침부터 늦은 저녁까지 종일 쏟아져 내렸다. 숨을 곳이라고는 없었다. 빛은 육체를 관통해 영혼까지 스며드는 것 같았다. 그리스의 빛은 레몬을 샛노랗게 익히고, 부겐빌레아를 새빨갛게 피어내고, 올리브 열매를 검푸른 초록으로 만들어냈다. 이런 빛 잔치가 날마다 벌어지는데 우울할 틈이 있을까 싶었다. 이 빛 아래서는 절망조차 사치가 될 것 같았다. 모든 존재를 투명하게 드러내는 빛, 모든 사물을 꿰뚫을 듯 쏟아지는 빛은 거침없고 순수한 조르바와 닮아 있었다. 반면, 대지를 불태울 듯이 타오르는 빛의 세례는 사람을 광기로 몰아가기도 쉬울 것 같았다. 어둠만이 사람을 광기로 이끄는 건 아니라는 생각을 그리스에서 하게 되었다.

그리스에서 청춘을 보내게 된다면 어떤 극단의 감정을 경험하게 될 것 같았다. 청춘은 원래 극단으로 쏠리기 쉬운 시기인 데다 이곳의 빛마저 사람을 몰아갈 것 같았다. 미적지근한 상태는 용납되지 못할 것 같았다. 감정 또한 맹렬히 활활 타오르게 되지 않을까. 사랑도, 미움도, 질투조차도! 내게 집을 빌려준 조지는 자신의 모국 그리스에 대해 이런 이야기를 들려줬다.

"맛있는 포도가 열려서 해마다 최고의 와인을 담는 옆집이 부러웠던 프랑스인이 있었지. 어느 날 신에게 요청해. 우리집 포도도 저렇게 맛있게 만들어달라고. 옆집 잔디가 푸르게 잘 자라는 걸 부러워하던 독일인도 신에게 요청하지. 우리집 잔디도 저렇게 푸르게 해달라고. 맛있는 우유를 생산하는 옆집 염소가 부러웠던 그리스인도 신에게 간구하지. 옆집 염소를 죽여달라고! 그게 우리 그리스인이야."

그러고 보면 이들은 질투라면 일가견이 있는 민족이었다. 이들의 신은 질투하고 분노하고 사랑하는 신들이었으니. 바람둥이 제우스의 아내 헤라의 질투는 소름 끼칠 만큼 집요한 복수를 동반하곤 했다. 헤라클레스만 봐도 태어날 때부터 평생에 걸쳐 그를 괴롭히더니 마침내는 미치게 만들어 자기 아내와 아이들을 제 손으로 죽이게끔 했으니.

그리스에는 질투든 분노든 사랑이든 감정에 충실한 전통이 여전히 남아 있는 것 같았다. 내일을 계산하지 않고 덤벼드는 열정이랄까. 빛의 축복이라고도, 빛의 저주라고도 부를 수 있을 법한. 크레타에서 요리 강습을 들었을 때 일이다. 늙은 아버지가 바다에서 소금을 채취하고, 그 아내가 올리브 오일을 짜고, 온 가족이 와인을 담는 시골 농가였다. 엄마의 요리를 통역하는 딸 이레느는 올해 서른아홉이었다. 그런데 다음 달에 두 번째 손자가 태어난다고 했다.

“내가 열일곱에 애를 낳았거든. 내 아들이 똑같은 짓을 하네. 올해 열일곱인데. 아무래도 유전자에 뭐가 있나 봐.”

이런 말을 하며 그녀는 깔깔거렸다. 그녀가 내일을 계산했다면 아들은 태어나지 못했을 것이다. 그녀의 아들이 앞날을 깐깐하게 따졌다면 손자도 태어나지 못했을 것이다. 미래에 대한 계산 없이 현재의 감정에 충실할 수 있다는 점에서 그리스에는 아직 청춘의 호기로움이 살아 있는 걸까.

두 달 후 그리스를 떠날 때까지 나는 조르바를 만나지 못했다. 호방한 마초 조르바는 멸종이라도 된 걸까. 지속되는 경제 위기 때문인지 사내들이 조금씩 풀이 죽은 것 같았다. 별 수 없이 니코스 카잔차키스의 흔적이라도 좇아가 보기로 했다. 신성모독을 이유로 카잔차키스를 파문한 그리스 정교회는 그의 유해를 아테네에 매장하기조차 거부했다. 그가 이름을 부를 때마다 가슴이 두근거린다고 했던 고향 크레타가 그의 유해를 받아줬다. 크레타의 공항은 그의 이름을 땄고, 광장에는 그의 동상이 서 있고, 그의 이름을 붙인 거리도 있었다. 나는 크레타가 그를 좀 더 우대하는 줄 알았는데 크레타 또한 그리스적인 혼돈에서 예외는 아니었다. 카잔차키스 기념관으로 가는 버스는 하루에 한 대였다. 들어가는 버스는 있지만 나오는 버스는 없었다. 그럼 마을에 택시 운전사들이 대기하고 있느냐고? 포도밭으로 둘러싸인 미르티아 마을에는 노인들만 남아 있었다. 이 무책임이야말로 그리스적이라는 생각이 들었다. 결국 왕복 택시를 예약해야만 했다.

그날도 속절없이 빛이 쏟아지는 날이었다. 마을은 고즈넉했다. 부친 미할리스의 생가를 개조한 기념관에는 그의 유품과 자필 원고, 조르바와 주고받은 편지, 번역서 같은 것들이 알차게 전시되어 있었다. 그곳에는 조르바의 사진도 있었다. 청춘의 시절, 나에게 조르바는 모든 구속으로부터 해방된 자유로만 읽혔다. 40대 후반이 되어 다시 읽은 조르바는 내게 자유 그 너머의 것을 말한다. 진정한 자유는 그 자유를 가져온 열정으로부터도 구속되지 않는 것이라고. 자신의 욕망과 감정에 충실하기는 쉽지만 그 감정 안에 갇혀 있지 않기는 어렵다. 조르바를 동경해 조르바처럼 살고 싶었던 20대의 나는 지나갔다. 빛의 세례를 누리며 살아가되 광기에 휩싸이지 않는 것. 열정을 잃지 않되 정도를 벗어나지 않는 것. 내 남은 인생에서 바라는 것은 그 정도다.

조르바는 자신이 전쟁 중에 터키인들에게 저지른 짓을 부끄러워할 줄 알고, 약한 존재를 위해 용감히 나설 줄 아는 이였다. 크레타 사람들 또한 수백 년 간 자유를 위해 투쟁해온 사람들이었다. 베네치아, 터키의 지배 아래서 자유를 위해 살고 죽은 사람들이었다. 정교회에서 파문당한 이들만이 쓴다는 소박한 나무 십자가가 서 있는 카잔차키스의 무덤을 찾아갔던 날. 나는 에게 해로 지는 해를 등지고 그의 무덤을 바라보았다. 무덤 옆 벤치에서는 젊은 연인이 뜨거운 키스를 나누고 있었다. 그리스는 삶의 빛을 다 잃어버리고 모든 것이 희미해지는 노년의 시기에 찾아오라고 권하고 싶었다. 사라져버린 청춘의 한 자락이라도 되찾고 싶어진다면 그때 이곳으로 오라고. 이 찬연한 햇살 아래 맨몸으로 서게 된다면, 발가벗은 느낌으로 하얗게 빛나는 세상과 마주한다면, 어떤 잃어버린 감정의 조각들을 끄집어내게 될지 모른다. 그리스에는 그런 빛이 남아 있었다. 사람을 살게 하는 어떤 빛. 감정을 들끓게 만드는 어떤 강렬한 빛 말이다.

○ 그리스인 조르바

그리스 문학을 세계로 알리는 데 큰 기여를 한 니코스 카잔차키스의 대표작. 삶을 사랑하고 죽음을 두려워하지 않은 자유로운 영혼 조르바는 많은 이들에게 영감을 주었다. 이윤기가 옮겼고 열린책들이 펴냈다.

삶의 허기를 채우는
일상의 맛

요리책 수집이 취미다. 이렇게 쓰고 나니 살짝 부끄럽기도 하다. 그럼 요리를 잘하느냐 묻는다면 먼 산을 바라볼 수밖에 없다. 그런데도 여행을 마치고 돌아올 때면 습관처럼 마지막 도시의 서점에서 요리책을 사고 만다. 내 뜻대로 안 되는 음식 만들기보다는 요리책을 들여다보며 상상하는 일이 더 즐겁다. 음식에 관한 만화나 소설, 에세이도 가리지 않는다. 《맛의 달인》이나 《고독한 미식가》 같은 고전부터 《어제 뭐 먹었어?》나 《노부나가의 셰프》 같은 비교적 최신작까지. 그러다 보니 심각한 부작용도 따라온다. 《심야식당》을 만화책으로 섭렵하고 드라마로 보던 무렵이었다. 잠들기 전 침대에 누워 한 편을 보기 시작하는데 어느 순간 내가 부엌에 서 있었다. 반쯤 혼이 나간 상태로 새벽 두 시에 계란말이를 부치던 나는 조금 섬뜩했다. 버터간장밥을 만들겠다고 밥을 안치지를 않나, 편의점에서 비엔나 소시지를 사와 문어 모양으로 자르지를 않나(그 무렵 나는 채식을 하고 있었다), 야끼소바를 하겠다고 유통기한이 지난 가쓰오부시를 뒤적이지를 않나. 새벽마다 기행을 일삼았다.

분야별로 신이 있다면 내 신전의 절대강자는 음식의 신이다. 어떤 상황에서도 이 신은 패배한 적이 없다. 눈물을 뚝뚝 흘리면서도 밥을 퍼먹게 만드는 그 신을 나는 공경하면서도 두려워한다. 모순적이게도 그런 내가 여행 중 가장 쉽게 포기하는 것이 음식이다. 늘 빠듯한 예산으로 다니다 보니 먹는 건 대충 때울 수밖에 없다. 그러다가도 녹초가 되어 지쳐 떨어진 날이나 집이 그리워지는 날이면 한 그릇의 음식에 구원을 받기도 한다. 이성을 잃은 탐욕에 빠지게도 만들고, 그토록 쉽게 자신의 존재감을 지워버리기도 하는 이율배반적인 신이라니. 음식의 신의 기묘함은 그뿐이 아니다.

언젠가 인도의 델리에서였다. 긴 여행을 막 시작한 터라 긴장과 외로움에 짓눌리고 있었다. 숙소에 딸린 식당에서 혼자 밥을 먹으려던 찰나, 키가 훌쩍 크고 눈이 동그란 친구가 다가오더니 앞자리에 털썩 앉았다. 처음 보는 얼굴이었다.

“식사하시는 동안 제가 앞에 있어 드릴게요.”

그 순간 눈물이 쏟아질 것 같아 눈에 힘을 주고 버텨야 했다. 그날따라 혼자 밥 먹는 일이 형벌 같았다는 걸 그 어린 친구는 어떻게 알아챘을까. 결국 우리는 밥을 먹다 말고 서로의 이야기를 하며 눈물을 쏟고 말았다. 음식의 신은 이렇게 인간과 인간을 이어주는 중매쟁이의 역할을 하면서도 제 존재는 슬쩍 뒤로 감추어버리는 배려를 보이기도 한다. 여행 중에 맛있게 먹었던 음식을 떠올려보면 공통점이 있다. 음식 자체보다 누군가와 함께 먹었던 기억이 먼저 떠오르고, 분위기가 좋았다면 무엇을 먹었든 따뜻한 추억으로 남았다. 부탄의 마을 여성들과 호숫가로 피크닉을 갔을 때 나뭇잎 접시에 손으로 슥슥 비벼가며 먹었던 고추치즈조림의 풍미도, 몽골에서 캠핑을 하다가 야생 부추를 뽑아와 장작불에 지져 먹던 부추전의 그 진한 향도, 아이슬란드의 바닷가에서 벌벌 떨며 물개를 관찰하다가 찾아간 식당의 생선 수프의 뜨끈함도 다정한 사람들이 곁에 있었기에 제대로 느낄 수 있었다.

이토록 다면적인 성격을 지닌 음식의 신은 여행 중에도 신성력을 잃지 않았다. 요리를 배울 기회가 있으면 놓치지 않고 나를 내몰았으니. 멕시코에서는 과카몰레를, 태국에서 팟타이와 그린파파야 샐러드를, 스리랑카에서 코코넛 커리를, 모로코에서 쿠스쿠스와 타진을, 발리에서는 나시고렝을, 크레타 섬에서는 치즈튀김 같은 것을 배웠다. 음식의 신이 제 존재감을 한껏 드러낼 때면 그렇게 요리도 배우고, 요리책도 사모으며 경배를 바쳤다. 그러다가도 나는 순식간에 불충한 신도로 돌변한다. 수십 권의 요리책이 책장에 완벽한 보존상태로 꽂혀 있는 것만 봐도 알 수 있다.

음식의 신을 위한 신전이 요즘만큼 광신도들로 가득 찼던 적이 있을까. 먹방, 쿡방의 열기가 식지 않는다. 어디에나 만들고, 먹고, 평가하는 이들로 넘쳐난다. 잘생긴 '셰프'들이 현란한 손놀림으로 화려한 음식을 만들어 바친다. 정성을 담아 만드는 음식을 이야기하다가 인스턴트나 레토르트 음식을 광고하는 모습에 때론 어지럽기도 하다. 음식이나 요리를 다루는 프로가 많아질수록 허기가 진다. 자다가 깬 새벽의 공복감처럼 당혹스럽다.

히라마쓰 요코의 《어른의 맛》의 첫 장을 읽는 순간 눈치챘다. 내 헛헛함을 채워줄 귀인을 만났음을. 빨리 다음 장을 읽고 싶다는 궁금증과 천천히 아껴가며 읽고 싶다는 마음 사이에서 갈팡질팡했다. 삶의 허기를 메우기 위해 비싸고 귀한 음식을 찾아다닌 부자의 미식 탐색기도 아니고, 타인은 물론 자신을 위해서도 요리하지 않으면서 음식에 대해 이런저런 말을 쏟아내는 평론가의 글도 아니다. 철과 때에 맞춰 소박한 음식을 정성껏 만들어 먹는 평범한 집안에서 나고 자라 오랫동안 가족과 자신을 위해 요리해온 사람의 글이다. 긴 세월과 경험을 통해 발효되고 숙성된, 음식과 인간에 대한 따뜻한 애정이 담긴 글. 땅에 발을 딱 붙인, 생활에 완전히 밀착된 글이었다. 위트도 넘친다. 예컨대 이런 부분.

"절임 음식은 시시각각 변한다. 변덕이 심하다고도 볼 수 있다. 혹은 매일같이 새로운 길을 위해 매진한다고도 볼 수 있다. 조용히 침묵하고 있는 것처럼 제 자신을 꾸미고 있지만 사실은 감정 기복이 심하다. 그런 음식 중에서도 특히 격정을 머금고 있는 것이 김치다. (……) 고추, 마늘, 생강, 거기에다 멸치젓과 새우젓 등의 단백질까지. 격정파가 한데 모였으니 그 후에 극적 전개가 이뤄지는 것은 말할 것도 없다."

아무래도 우리 음식에 대한 이런 평에는 시선이 더 오래 머문다. 음식에 대한 편견이 센 나는 그녀의 음식에 대한 격렬한 호기심이 부러울 뿐이다. 그녀는 맹렬하게 용맹정진한다. 홍탁 삼합을 먹겠다고 덤벼들다 막걸리의 변주에 매혹되고, 사냥꾼이 갓 잡아온 멧돼지의 간과 허파와 염통까지 탐닉하고, 물의 맛을 알아보겠다고 경수와 연수로 같은 음식을 만들어본다. 여성들끼리 스테이크 8백 그램을 먹어치우는 내기에서 무승부를 기록하고선 경쟁자이긴 해도 그 먹는 모습에 실로 눈이 부시더라고 천연덕스레 말한다. 지구에 조금이라도 덜 해로운 사람이 되고픈 마음에 고기를 먹는 횟수를 최소화하려는 나는 식재료에 대한 탐미의 위험성도 안다. 그럼에도 모든 생명에 대한 존중을 바탕으로 한 그녀의 선입견 없는 열정이 부러울 뿐이다.

그녀의 책 네 권을 연달아 읽었던 한 주 동안 열심히 음식을 만들었다. 콩비지찌개와 여주볶음, 유부를 넣은 된장찌개와 와인에 조린 바지락찜 같은 것들. 이 나이가 되어서야 나는 '냄비 앞에 선 자만이 알 수 있는 흥분'을 느낀다. 서툰 솜씨로 지은 내 소박한 밥상이 그렇게 좋을 수가 없다. 손맛이 뛰어나서가 아니다. 챙겨야 할 식구가 없는 나에게 요리는 '내키면 한다' 정도로 다가오는, 의무나 책임이 아닌 유희에 가깝다. 마음이 움직일 때 천천히 만들면 되니 즐거울 수밖에 없다. 여기서 그녀와 나 사이에 건널 수 없는 강이 생겨난다. 내가 모르는 강 저편은 자신의 기분과 상관없이 가족을 위해 매일 밥을 지어야 하는 세계다. 아이를 낳은 후 그녀는 고백한다.

"먹고 싶을 때 먹는 게 아니다. 매일 만드는 것이다. 당연한 사실에 전율했다. 바로 지금 내가 만들지 않으면 살 수 없는 작은 인간이 눈앞에 있다."

세상의 모든 엄마들은 그렇게 자신의 기분 따위야 상관없이 하루에도 몇 번씩 누군가의 끼니를 책임져 왔을 것이다. 얼마 전 엄마와 저녁을 먹던 자리에서 물었다.

"집에서 밥 먹는 날이 많아지니 뭐 해 먹을지가 큰 고민인데 엄마는 어떻게 매일 삼남매의 도시락을 대여섯 개씩 쌌어?"

북엇국에 밥을 말던 엄마는 아무렇지도 않게 답했다.

"그 시절에는 다 그랬는데 뭐."

엄마로서의, 아내로서의 고단함을 결코 내색하지 않던, 가난한 주부의 의연함. 그 담담함이야말로 엄마의 맛일 것이다. 내킬 때나 호들갑을 떨며 이 나라 저 나라의 이국적인 요리를 찔러보는 내 음식의 맛이 어딘가 붕 떠서 가볍게 출렁이는 맛이라면 엄마의 맛은 깊이 가라앉은 잔잔한 맛일 것이다. 도망칠 수도 없고, 멈출 수도 없는 이타적 노동이 강제해온 덤덤한 맛. 반복적인 행위로 인해 레시피 따위 없이도 저절로 간을 맞추게 되는 경지에 이른 맛.

결국 '어른의 맛'은 일상의 맛이 아닐까. 잔뜩 힘을 준 사치스러운 음식이 아니라 소박하나 끈질긴 일상의 음식을 만들어가는 일이 '어른의 맛'을 알아가는 과정이 아닐까. 버스 값 몇 푼을 아끼려 가락시장까지 걸어간 엄마가 신선한 꽃게를 사와 특별한 날에만 만들어주던 꽃게찜. 몇 번을 데우는 바람에 더 짜진 집 된장으로 끓인 찌개에 식은 밥을 찐 호박잎 위에 얹어 먹던 늦봄의 점심. 아침도 거르고 학교로 뛰어가던 여름날이면 엄마가 입 앞에 들이밀던 콩국물 한 잔. 늦가을 밤 엄마가 부쳐주던 밀가루만 얇게 입힌 노란 배추전. "나날이 반복되는 맛은 고집이 세서 끝까지 움직이지 않는다"는 저자의 말처럼, 나이가 들수록 엄마의 음식은 점점 힘이 세진다. 맛이 없다고 느꼈던 엄마의 음식이 어느새 내 맛의 기준이 되어버렸다. 그 맛을 내 손에 익히지 못했으니 엄마가 세상을 떠나면 그 음식들도 운명을 다할 것이다.

나는 끝내 엄마의 손맛에 다다를 수 없겠지만, 나만을 위하는 이기적이고 비정기적인 요리의 끝에도 무언가 남는 것이 있지 않을까. 엄마의 희생을 전제로 한 손맛만 삶의 맛이라고 한다면 조금은 억울하다. 가족을 위한 삶이 숭고하듯, 단독자로 혼자 살아가는 이들의 삶 또한 가치 있기에. 타인이 아닌 나 자신만을 위해 요리를 한다는 건 어쩌면 더 많은 에너지를 필요로 한다. 인스턴트로 대충 때우고 싶거나 나가서 사 먹는 게 더 저렴하다고 느껴지는 식의 유혹이 많으니. 하지만 나를 위해줄 사람이 나밖에 없기에 나를 위한 밥상을 포기할 수는 없다.

나만 생각하면 되니 무엇이든 다 내키는 대로 만들어볼 수 있다. 매운맛도, 심심한 맛도 거리낄 게 없다. 내가 좋아하는 식재료만 듬뿍 넣을 수도 있다. 한 번 실패하면 다시 안 만들 가능성이 크니 그 순간 있는 힘을 다해 오직 맛으로 승부할 수밖에 없는 게 단독자의 맛이 아닐까. 어쩌다 내가 요리를 해주는 어린 조카들이 어른이 되어 "고모가 해주던 봉골레 파스타가 생각나는 가을밤이야" 이렇게 말할 리는 없다. 그건 일상적으로 늘 먹어 각인된 맛이 아니기에. 그러니 어쩌다 한 번 주어지는 기회를 위해 더 힘을 쏟을 수밖에. 요리책이 요구하는 모든 재료를 갖추어 놓고 레시피에 충실한 맛을 내기 위해, 평소 제 엄마가 해주던 일상의 음식과는 다른 맛으로 조카들을 흔들기 위해.

결국 이타적 노동의 반복으로 이루어진 손맛이 아니더라도 음식을 만드는 일의 본질은 같을 것이다. 생명을 취해 생명을 지키는 일. 타인의 생명이든 자신의 생명이든. 죽는 날까지 반복될 그 경험을 차곡차곡 쌓아가다 보면 언젠가는 고집 센 나만의 맛이 생겨날 것이다.

○ 어른의 맛

식문화와 라이프스타일, 문학과 예술을 테마로 폭넓게 글을 쓰는 히라마쓰 요코의 에세이. 아련한 맛, 비뚤어진 맛, 얕잡아 볼 수 없는 맛, 혼자의 맛, 사라지는 맛, 세월의 맛 등 맛과 인생을 사려 깊은 언어로 풀어놓았다. 조찬희가 옮겼고 바다출판사에서 펴냈다.

삶을 지탱하는
일상의 힘

일본
가마쿠라

바닷마을 다이어리

11월 중순의 가마쿠라는 푸르렀다. 서울은 이미 겨울의 기운이 느껴지는 날들이었는데, 가마쿠라에는 여전히 초록이 무성했다. 가는 비가 흩뿌리고 있었지만 뼈가 시린 추위도 없었다. 늦가을 바다에는 비에도 아랑곳하지 않고 파도에 몸을 싣는 청춘들이 있었다. 끝없이 무너지면서도 중력을 거슬러 파도 위에 서고자 하는 이들의 몸에 실린 의지를 지켜보며 나는 검은 모래 해변을 걸었다. 이 바다 앞에서 이별을 하고, 우정을 나누고, 새로운 시작을 축하하던 여자들을 떠올렸다.

《바닷마을 다이어리》의 네 자매. 그들의 흔적을 좇아 가마쿠라에 온 터였다. 가마쿠라는 세 번째였지만 혼자는 처음이었다. 영화와 만화의 배경지라는 이유로 찾아온 것도 처음이었다. 초록색 열차 에노덴을 타거나 걸어서 가마쿠라의 이곳저곳을 기웃거렸다. 두세 량짜리 협궤 열차는 마을과 마을을 가로질렀다. 열차 안에서 바깥으로 손을 뻗으면 닿을 것처럼 집들이 가까웠다. 집과 집 사이를, 골목과 골목 사이를, 신사나 바다를 옆에 두고 열차는 느릿느릿 달렸다.

가마쿠라 역에 열차가 들어서고 플랫폼에 내려선 순간, 전화벨이 울렸다. 오랜 친구 마미코였다. 동갑내기인 우리는 22년 전, 베트남 북부 사파에서 만났다. 마미코는 아무거나 잘 먹고, 무엇이든 하자고 하면 좋다고 하는 순한 성품이었다. 그녀를 끌고 길도 없는 산을 오르락내리락하고, 길을 잃고 헤매다 산속 외딴집에서 밥을 얻어먹고 나오기도 했다. 한국으로 돌아온 내가 그 집을 잊어버렸을 때, 그녀는 주소조차 불분명한 그 집으로 아이들 학용품과 함께 찍은 사진을 보냈던 따뜻한 마음의 소유자였다. 그 후, 우리는 인도의 자이살메르에서 열흘을 함께 보내기도 했다. 세월이 흘러 내가 여전히 배낭을 메고 세계를 떠도는 동안 그녀는 늦은 결혼을 했다. 저를 꼭 닮은 수더분한 남자였다. 얼마 후 쌍둥이를 낳았다는 소식을 여행 중이던 파리에서 듣고 작은 선물을 보내기도 했다. 그녀는 아이들을 키우느라, 나는 밖을 떠도느라 자주 만나지는 못했다. 그래도 그녀는 언제나 내 마음에 있었다. 그녀로 인해 나는 일본이라는 나라가 궁금해졌고, 그녀와 더 깊은 대화를 나누고픈 마음에 일본어를 배우기도 했었으니.

오랜만에 듣는 마미코의 목소리는 여전히 앳되었다. 서로의 지난 세월을 묻던 와중에 망설이며 말을 고르던 그녀가 결심한 듯 이야기를 시작했다. 3년 전, 남편 켄이 뇌경색으로 쓰러졌고, 여전히 병원에 있는데 말을 하지 못하고, 가족을 알아보지 못하는 상태라고. 그녀는 담담한 듯 말을 이었지만 떨리는 목소리가 생생히 전해졌다.

"이제는 괜찮아, 익숙해졌어. 익숙해졌다는 말이 참 우습지만 말이야. 널 보러 가고 싶지만 병원에 가는 날이라."

그 사이에도 계속 열차가 들어왔고, 그럴 때마다 사람들이 플랫폼으로 쏟아졌다. 지난 3년간 그녀가 감당해야 했을 삶의 무게가 나를 강타했다. 이제 초등학교에 들어간 쌍둥이는 어느 날 갑자기 자신들을 알아보지도 못하고, 안아주지도 못하게 되어버린 아빠의 존재를 어떻게 받아들였을까. 일상이 완전히 무너져 내린 그날부터 애써 담담한 목소리를 흉내라도 낼 수 있게 된 지금까지, 마미코는 얼마나 많은 날을 혼자서 울며 견뎌냈을까. 아무것도 책임지는 것 없이 자유롭게 살아온 나는 상상도 할 수 없는 삶의 무게였다. 나는 바보처럼 아무 말도 할 수 없었다. 힘들었겠구나, 그런 말조차도. 그녀를 전화기 건너편에 두고 눈물을 쏟고 말았을 뿐. 봄에 다시 올 테니 그때 꼭 만나자는 말밖에 건네지 못했다.

마미코와의 전화를 끊은 후 나는 정처 없이 걸었다. 전차가 신사의 토오리 앞을 지나는 고료 신사에서 흰 동백을 들여다보았고, 햇살이 사금파리처럼 반짝이며 부서지던 바닷가에서 카약을 타는 사람들을 지켜보기도 했다. 비장의 잔멸치 고로케를 꺼내자마자 솔개에게 빼앗겨 황망한 마음으로 하늘을 올려다보기도 했다. 영화에서 둘째 요시노가 남자친구와 저녁을 먹는 장면에 등장한 카페에서 가마쿠라의 특산 잔멸치 덮밥인 시라스동을 먹기도 했다. 생멸치와 찐멸치가 반씩 올라간 덮밥은 해초와 시소의 향이 어우러져 놀랍도록 맛있었다. 바로 앞바다에서 잡아 더없이 싱싱하다고 주인장이 자랑할 만했다. 히피 내음이 물씬 풍기는 주인과 가게 분위기도, 커피나 음식의 맛도 마음에 들었다. 주인의 개성이 깃든 소박한 공간이었다. 그러고 보니 만화 《바닷마을 다이어리》의 공간은 전부 일상적인 공간이었다. 특별할 것도 없고 아무렇지도 않은 공간들. 집과 일터를 오가다 보면 지나치게 되는 곳, 슬리퍼를 신고 집에서 입던 옷차림 그대로 가도 되는 식당과 카페들이었다. 영화나 원작만화 덕분에 꽤나 유명세를 타게 된 가게들도 여상한 태도로 손님을 받고 보냈다. 원작에 등장하는 음식도 화려하거나 대단한 것들이 아니었다. 이곳에서 가장 흔한 것들이었다. 앞바다에서 잡아 올린 잔멸치로 만든 덮밥이나 토스트. 전갱이가 흔한 철에는 전갱이 튀김과 구이 같은 것들.

가마쿠라에는 일상의 힘이 살아 있었다. 무너지지 않은 그 든든한 일상의 힘이 나는 고마웠다. 내 친구 마미코가 어떻게든 끌어안고 버텨낸 그 일상이었다. 여행보다 일상은 힘이 세다. 여행보다 일상은 끈질기다. 나는 점점 여행과 일상의 경계가 무너진 삶을 살아가지만, 일상의 소중함은 나날이 커간다. 마미코의 일상을 지지하는 힘이 어린 쌍둥이라면, 내 일상을 버티게 하는 건 나 자신이라는 차이가 있을 뿐. 내가 아니면 누구도 나를 챙기지 않으니까 절대로 무너져서는 안 되는 삶이라고 그렇게 믿고 살아왔지만, 실은 아니었다. 나 아닌 누군가가 늘 가까이에 있었다. 내 삶의 위기가 찾아올 때마다.

4년 전에도, 지난해 봄에도 나를 쓰러뜨린 건 치솟는 전세금이었다. 작년 봄, 5천만 원 넘게 전세자금을 올려달라는 통보를 듣고 산티아고를 걷던 나는 자주 눈물을 쏟았다. 사람 없는 알베르게에서 혼자 뒤척이던 밤, 내 삶의 모든 것이 부질없고 쓸쓸했다. 무력하고 쓸모없는 인간이 된 기분이었다. 걷다가 지쳐 그런 마음을 토로할 때면 친한 언니가, 친구가, 얼굴도 모르는 페이스북 친구들이 다양한 방법으로 응원을 건넸다. 연애가 끝나고 마지막 사랑이 지나간 듯 우울해할 때도, 언제까지 여행하며 글 쓰며 생계를 이어갈 수 있을까 문득 불안해질 때도 다정하거나 용감한 그녀들 덕분에 고비를 넘어갈 수 있었다. 피가 섞이지 않은 자매애에 기대어 나는 살아가고 있었다. 나의 싱글 라이프를 지탱해주는 건 바로 그녀들이었다.

우리는 각자의 자리에서 그렇게 제 삶의 무게를 껴안고 살아간다. 때로는 찰나의 희열에 젖기도 하지만, 일상의 대부분을 우리는 외로워하거나 상처를 주고받으며 흘려보낸다. 그럼에도 불구하고, 살아갈 것이다. 《바닷마을 다이어리》의 자매들처럼 누구의 탓도 하지 않으며 매 순간을 충실히. 서로를 살뜰히 챙기는 타인의 온기에 기대어, 그렇게. 네 자매의 아버지처럼 우리 또한 어떤 순간에도 아름다운 것을 아름답다고 느낄 수 있는 사람으로 남을 수 있기를. 그 마음 하나만은 끝내 지켜낼 수 있기를.

봄이 와 마미코를 만나러 가면 그녀의 고통을 이해한다는 말 같은 건 함부로 하지 않고, 가만히 그녀의 손을 잡아주고 싶다. 그녀가 아픔을 견디면서도 포기하지 않은 채 붙들고 있는 매일의 이야기에 귀를 기울이고 싶다. 여행보다 오래 가며, 여행보다 소중한 일상. 그 나날의 작고 사소한 이야기들의 힘에 나도 기대고 싶다.

○ 바닷마을 다이어리

오래 전 가족을 떠나 소식이 끊겼던 아버지의 장례식장에서 시작되는 이야기. 2006년 연재를 시작, 총 아홉 권으로

완결되었고 국내에서도 책과 영화 모두 사랑받았다. 네 자매와 그들을 둘러싼 인물들의 사랑과 상처, 일상과 행복을 섬세하게 그려냈다. 요시다 아키미가 짓고 조은하, 이정원이 옮기고 애니북스가 펴냈다.

책을 읽으면
우리는 혼자가 아니다

유령의 서점들

섬에 있는 서점

매기에게 감이 왔다. 명중률 100퍼센트를 자랑하는 촉이었다. 소설 코너 앞에 서 있는 장발의 청년. 카운터에 앉은 그녀를 힐끔거리는 태도와 불안하게 흔들리는 눈빛. 틀림없다. 청년을 주시하며 책값을 받고 포장을 해주기를 10여 분. 어느새 청년은 사라졌다. 그가 서 있던 책장으로 달려가 보니 역시나 소설 몇 권도 덩달아 사라졌다. 줄리언 반스, 이언 매큐언, 가즈오 이시구로. 빈 공간을 훑어보니 영국 현대 소설이 그의 취향이었다. 지난 백 년 동안 이 서점은 책 도둑들과 흥망성쇠를 함께해왔다. 문고판 서적뿐 아니라 값나가는 고서가 사라진 것도 부지기수. 서점의 주인 실비아는 어쩔 수 없다는 듯 어깨를 들썩인다. 은촛대를 훔친 장발장을 용서하는 신부의 마음인 건가. 매기는 책을 훔치는 이들이 가난 때문이 아니라 그저 책값이 아까워서 혹은 재미로 훔치는 거라 생각하는 쪽이지만.

비 내리는 초겨울 오후. 서점 앞 벚나무 두 그루는 잎을 벗은 가벼운 몸으로 서 있다. 건너편 센 강변에서 그림을 파는 노점도 궂은 날씨 때문인지 오늘은 문이 닫혀 있다. 관광객이 적은 겨울인데도 서점을 찾는 이는 끊이지 않는다. 모든 안내 책자마다 실려 있는, 백 년의 역사를 자랑하는 유서 깊은 서점이기에. 서점은 처음 문을 열었을 때부터 지금까지 파리의 오아시스였다. 미국 여성 실비아 비치가 1919년에 서점을 연 후 미국인 조지 휘트먼이 그 이름을 이어받았다. 조지는 유토피아를 서점에 구현하고 싶어 했고, 그의 딸 실비아가 서점을 맡은 후에도 서점의 이상은 변하지 않았다. 서점은 지금까지 작가를 꿈꾸는 가난한 청년들에게 잠자리를 제공해왔다. 지금 서점에 머무는 젊은이들은 매기까지 네 명. 시나리오 작가를 꿈꾸는 스페인 처녀 아멜리아, 멕시코에서 온 시인 페드로, 아일랜드의 인디 밴드 보컬이자 소설을 쓰는 조, 미국 남부의 저널리스트 출신 매기. 그들 중 나이로도, 서점지기로서의 경력으로도 최고참은 매기다. 모두 이 서점에서 먹고 자고 일하며 짬짬이 글을 쓴다. 매기는 그나마 가장 고요한 고서실에, 이곳에서 사랑에 빠진 페드로와 아멜리아는 2층의 소설방에 머문다. 조의 잠자리는 계단 옆 시집 코너. 그들은 아침이면 다 같이 서점을 청소하고, 문을 열고, 돌아가며 카운터를 본다.

매기는 파리에 올 때마다 이 서점을 찾아와 책의 향기를 맡고는 했다. 유럽을 여행하다 돈이 떨어진 지난해 겨울, 그녀는 잠시 이곳에 몸을 의탁하기로 했다. 전설의 서점은 그 시설 또한 전설적이었다. 열악한 화장실과 사생활 없는 잠자리를 열정만으로 견딜 나이는 이미 지난 터였다. 그보다 더 힘든 건

'고객'이라고 부르고 싶지도 않은 뜨내기 관광객을 상대하는 일이었다. 책도 사지 않으면서 온갖 책을 다 뒤적이며 골고루 때만 묻혀놓고 가는 손님들, "No Photo" 사인을 보란 듯 무시하며 인증 사진을 찍어대는 손님들, 검색 한 번만 하면 다 나오는 서점의 역사에 대해 온갖 시시콜콜한 질문을 던지며 시간을 잡아먹는 손님들. 매기가 기대했던 서점지기로서의 낭만은 누릴 틈이 없었다. 그렇다고 책이 잘 팔리는 것도 아니었다. 찾아오는 이들의 수에 비하면 보잘것없는 매출이었다. 그녀는 지쳐갔다. 책을 향한 사랑만으로 서점 일을 하기에는 지나치게 현실적으로 되어버린 걸까. 영업이 끝난 서점의 불을 끄며 그녀는 슬슬 떠날 때가 되었음을 인정했다. *

이상한 일이다. 책이 팔리지 않는다고 저자나 편집자나 서점이나 다들 아우성인데, 서점을 해서 돈을 벌었다는 소리는 들은 적도 없는데, 사람들은 오늘도 어디선가 서점을 열고 있다. 한적한 시골 마을의 카페 주인이 모두의 로망이었던 시절이 지나가고 이제 서점이 그 자리를 차지한 것 같다. 제주도

* 여기까지는 제레미 머서의 《시간이 멈춰선 파리의 고서점》을 참고한 저자의 상상입니다.

에만 독립 서점이 일흔 개를 넘어섰단다. 디지털 시대에 종이 책을 파는 서점의 의미는 무엇일까. 우리는 왜 동네 서점을 사랑하는 것일까. 이 질문들에 대한 답이 될까 싶어 펼쳐 든 한 권의 소설이 있다. 개브리얼 제빈의《섬에 있는 서점》. 젊은 부부가 아내의 고향인 앨리스섬으로 돌아와 '아일랜드 서점'을 연다. 서점이 없는 동네는 동네가 아니라는 신조로. 몇 년 후 아내는 사고로 죽고, 혼자 남은 서점 주인 피크리는 점점 괴팍해지고 시큰둥해진다. 내가 서점을 연다면 딱 피크리 스타일이다. 작품에 대한 좋은 느낌을 간직하기 위해 작가들하고 거리를 유지하고 싶고, 당연하게도 작가 이벤트 같은 행사는 질색이다. 내가 읽지 않을 책은 들여놓지도 않는다. 개점 후 1년 이내에 망하기 좋은 각이다. 피크리가 보험처럼 간직하던 희귀본을 도난당한 날, 누군가 서점에 아기를 버려두고 간다. 여기서부터 본격적인 이야기가 시작된다. 소설의 마지막 장을 덮고 나면 배부르고 등 따뜻한 고양이가 된 기분으로 책을 끌어안게 된다. 파리의 서점 셰익스피어 앤드 컴퍼니까지 가기 힘든 이들에게 안겨주고 싶다.

피크리는 이렇게 말한다.

"우리는 혼자가 아니라는 걸 알기 위해 책을 읽는다. 책을 읽으면 우리는 혼자가 아니다."

우리가 서점에 가는 이유도 이 넓은 지구에서 내가 누군가와 이어져 있다는 것을 확인하기 위해서다. 서점은 섬처럼 외따로 떨어진 우리를 이어주는 매개체다. 책과 나를, 이 세계와 다른 세계를 연결해주는 통로. 온라인에서 책을 살 수도 있고, 전자책을 다운받을 수도 있는데(심지어 더 저렴한 가격에!) 왜 굳이 서점을 찾아가는 걸까. 기껏해야 몇십 평 남짓한 공간을 포기할 수 없는 이유는 무엇일까.

불빛이 비치는 서점의 유리문을 열고 들어설 때면 드넓은 미지의 세계로 나아가는 기분이다. 슬며시 서점 안을 둘러보며 주인의 취향을 가늠해볼 때면 나쁜 짓이라도 하는 듯 심장이 두근거린다. 시류에 호응하는 책들 사이에 놓인 비주류의 책이 고집스러운 주인의 취향을 은근히 드러낼 때면 슬며시 웃음이 난다. 내가 좋아하는 책들이 소중히 놓여 있는 모습을 보면 취향에 대한 신뢰도가 높아진다. 책장에서 한 권의 책을 빼내 손에 들 때면 묻어 있는 먼지조차 사랑스럽다. 맨 뒷장을 넘겨 몇 쇄를 찍은 책인지 슬쩍 확인할 때면 안도와 슬픔이 동시에 치민다. 이 좋은 책을 읽은 이들이 겨우 이것뿐이라니. 이 책을 발견한 사람은 75억 인구 중에 고작 수천 명. 얼굴도 이름도 모르는 그들과 나는 그 순간, 작은 비밀을 나눈 것 같은 관계가 된다.

독서라는 행위가 주는 매력은 준비 없이 어디로든 갈 수 있다는 점이 아닐까. 이토록 쉬운 일탈은 없다. 책을 집어들기만 하면 된다. 숨 막히게 답답한 이 세계를 잠시나마 벗어나 책 안의 새로운 세상에서 나는 무엇이든 될 수 있고, 어떤 삶이든 선택할 수 있다. 멀리 떠날 수 없을 때 나는 책 속으로 떠난다. 무엇을 읽어야 하는지 알 수 없을 때면 작은 서점을 찾아간다. 확고한 취향을 가진 주인이 선별한 책들을 들여다본다. 그가 조심스레 인도하는 낯선 세계 속으로 발을 디디며 내가 살지 못하는 다른 삶을 살아가는 수많은 이들을 만난다. 서점이라는 작은 공간은 이토록 커다란 세계를 품고 있다.

파타고니아의 대자연 속에서 캠핑을 다니다 석 달 만에 부에노스아이레스로 돌아온 날, 나는 엘 아테네오 서점으로 달려가 사흘 굶은 곰이 연어를 덮치듯 책을 품에 안고 쓰다듬었다. 읽을 수도 없는 스페인어로 쓰인 보르헤스의 책을. 허세에 불과하지만, 이런 허세라면 인류에 해가 될 게 없다. 그리스 산토리니 섬의 서점 아틀란티스에서 비닐에 쌓인 《어린왕자》 초판본을 들여다볼 때면 걸어 다닐 수도 없을 정도로 붐비던 섬의 소란스러움 따위야 까맣게 지워졌다. 포르투갈의 사랑스러운 동네 서점 렐루가 '해리포터의 그 계단'이라는 유명세로 인해—'인증샷'을 찍으러 밀려든 관광객 때문에— 서점으로서의 기능을 포기하고 입장료를 받는 관광지로 변해버린 모습에 하염없이 속상해하기도 했다. 말이 통하지 않는 나라의 낯선 도시를 떠돌다가도 서점에만 들어서면 내가 아는 곳에 도착한 듯 마음이 풀어졌다. 《섬에 있는 서점》의 어밀리아의 말처럼 내게도 서점은 신성한 공간이다. 불빛이 흘러나오는 서점 안에는 조금 더 정직하고, 더 점잖고, 더 신성한 세계가 있는 것 같아 안심이 된다. 이렇게 저렴한 가격에, 이토록 오랜 시간을 들여다볼 수 있는 물건이 책 말고 또 있을까.

작년 겨울, 셰익스피어 앤드 컴퍼니를 다시 찾아갔을 때 나는 눈물이 핑 돌 만큼 안도했다. 이 낡은 서점의 모든 것이 그대로라는 사실에. 벚나무 아래 서서 바라보는 서점의 초록색 간판도, 문을 열고 들어서면 왼편으로 보이는 '비트', '로스트 제너레이션', '셰익스피어' 등으로 구분된 서가도, 이가 슬은 낡은 버팀목들도, 2층으로 올라가는 계단에 쓰인 시구도 그대로였다. "I wish I could show you when you are lonely or in darkness the astonishing light of your own being(당신이 외롭거나 어둠 속에 있다고 느낄 때 당신이라는 존재가 발하는 그 환한 빛을 보여주고 싶네)." 계단을 올라가 오른쪽으로 향하면 피아노가 있는 방. “이 녀석은 책을 읽느라 밤을 샜어요. 제발 깨우지 마세요”라는 익살스러운 팻말 아래 자고 있는 검은 고양이조차 그대로였다. 계단참에는 침대용 의자가 놓여 있고, 벽에는 이곳을 찾은 이들이 남긴 쪽지들이 붙어 있다. 심지어 몰래 사진을 찍는 관광객들 역시 변함없었다! 왼쪽으로 향하면 타자기가 놓인 작은 공간을 거쳐 이 서점의 가장 넓은 방으로 이어진다. 조지 휘트먼이 실비아 비치에게서 구입한 책을 비롯한 그의 소장본이 있는, 도서실이라 불리는 방. 창가의 책상에는 젊은 작가 혹은 지망생 둘이 마주 앉아 있었다. 그들은 원고지 대신 노트북을 놓고 스페인어로 이야기하던 중이었다. 나는 시집 코너에서 메리 올리버의 시집을 뽑아 긴 의자에 앉았다. 고개를 들면 창 너머로 흐릿한 겨울 하늘과 노트르담 성당의 종탑이 들어오는 자리였다. 조용한 목소리로 속삭이며 책을 뒤적이는 사람들. 습기에 젖은 나무 냄새와 계단을 올라오는 사람들의 발소리. 이곳에는 돈을 받고 매대를 파는 대형 체인 서점이 제공할 수 없는 주인의 취향이 책장마다 배어 있다. 세월에 지지 않는 고집스러운 마음이 견결하다. 한 번 더 이 서점을 보겠다고 비행기를 갈아타는 여섯 시간 사이에 여기까지 오기를 얼마나 잘했는지. 나는 도서실 방의 긴 의자에 짧은 겨울해가 저물도록 앉아 있었다.

○ 섬에 있는 서점

섬에 있는 작은 서점을 배경으로 책과 인간에 대한 사랑을 그린 소설. 성격도 까칠한데다 책 취향까지 까탈스러워 서점 운영은 어렵기만 하지만, 어느 날 놀라운 꾸러미 하나가 서점에 도착하면서 그의 삶은 달라진다. 책을 좋아하는 사람이라면 누구나 공감하고 사랑할 이야기. 미국 작가 개브리얼 제빈이 쓰고 엄일녀가 옮기고 루페가 펴냈다.

아름다움을 깨닫는 능력

브라질
아마존

나무의 노래

발밑의 풍경은 비현실적이었다. 뱀처럼 구불구불 흘러가는 강줄기 사이로 온통 검푸른 숲이었다. 건물도, 전선도, 사람도 보이지 않았다. 인류가 출현하기 전 백악기 중생대쯤의 풍경이 이러했을까. 초식 공룡 프로토케라톱스가 나무 사이로 얼굴을 내민다 해도 이상하지 않을 것 같았다. 이과수 폭포를 보기 위해 초경량비행기를 탔지만 내 시선은 끝없이 펼쳐진 숲에 붙들려 있었다. 지구 최대의 열대우림은 바늘 하나 떨어질 틈도 없이 빽빽해 보였다. 몸을 창밖으로 날리면 나무의 우듬지로 사뿐히 내려앉을 수 있을 것 같았다.

그 풍경에 사로잡힌 나는 브라질의 마나우스까지 들어가 아마존 투어를 신청했다. 칠레의 작가 루이스 세풀베다는 한 번 아마존에 발을 디디면 영원히 아마존에 사로잡히게 된다고 경고했는데, 나는 이미 무수한 것들에 사로잡힌 몸이었다. 깊이를 알 수 없는 바다와 설벽을 두른 높은 산과 한 번도 같은 모습을 하지 않는 하늘과 길을 잃고 싶어지는 적막한 사막 같은 것들. 거기에 열대우림 하나를 더하는 것쯤이야. 아마존의 강은 길고, 숲은 깊었다. 피라냐 낚시를 하고, 해돋이를 보고, 촘촘한 정글 속을 걸어 다니며 인디언 놀이를 했다. 악어와 나무늘보와 타란툴라를 찾아다니고, 원주민의 수상가옥에서 생선튀김을 얻어먹고, 아이들과 놀았다. 낮은 숨을 곳없이 어디나 빛으로 번쩍거렸고 밤은 먹물을 뿌린 듯 검고 어두웠다. 한바탕 소나기가 지나가고 나면 숲의 그림자를 제 몸에 드리운 강의 물색이 짙어졌다. 저녁놀이 질 때나 아침 해가 떠오를 때면 강물은 피를 머금은 듯 붉었다. 숲에는 천수관음상처럼 가지를 펼친 우람한 나무들이 가득했다.

아마존에서 인간은 지구의 자궁에 깃든 작고 약한 존재 같았다. 아마존을 지키려는 환경운동가들이 계속 살해당하고, 지구 산소의 20퍼센트를 생산하는 열대우림은 사정없이 잘려나가고 있지만 신령스러운 기운이 흐르는 숲은 경이로웠다. 호기심 많다는 분홍돌고래도, 문명을 거부하고 살아가는 원주민도 만나지 못했지만 아쉽지는 않았다. 그들의 삶을 지키기 위해서는 마주치지 않는 편이 낫다는 것을, 어떤 존재들은 눈에 보이지 않아도 우리의 삶을 풍요롭게 한다는 것을 느꼈기에. 나는 보아야 할 모든 것을 다 보았다고 믿으며 아마존을 떠났다. 딱 사흘 만에.

나는 아마존에 갔으나 아마존을 보지 못했다. 무식했기 때문에! 아마존을 이루는 무수한 생명들의 이름도, 그들이 어떻게 연결되어 있는지도 전혀 알지 못했다. 다음 생에는 나무와 몸을 바꿔 이 세상에 오고 싶다고 떠들어댔으면서도 제대로 이름을 불러줄 수 있는 나무는 몇 그루 되지도 않았다. 나무의 어떤 점이 나를 사로잡는지조차 설명하지 못했다. 내 삶은 어디로 가는지 알 수 없는 불안정한 삶이라 한자리에 붙박이로 선 나무의 삶을 동경하는 것일까. 딱 이 정도였다. 아마존에 대한 나의 매혹은 논리적인 이해가 아닌, 본능적이고 감각적인 끌림일 뿐이었다. 내가 이해하지 못하는 세계에 대해서는 그저 신비의 영역으로 밀어버리는 내 게으른 특기가 아마존에서도 유감없이 발휘되었다. 과학적인 지식에 기반한 성찰이 없으니 뭘 봐도 피상적인 인상 비평에 불과했다. 코끼리 다리에 붙은 벼룩인 주제에 감히 코끼리를 안다고 떠들었던 셈이었다.

그런 내게 생물학자 데이비드 조지 해스컬의 《나무의 노래》는 구원 같은 책이었다. 내가 놓쳤던 나무의 생명 그물망을 성실히 관찰함으로써 '숲에서 우주를 보'게 해주는 책이었다. 나는 이 책을 태국 북부의 도시 치앙마이에서 읽었다. 그곳은 건기였지만 초록의 기운이 여전히 짱짱했다. 매일 가는 카페의 의자에 앉으면 금사슬나무, 프란지파니, 자귀나무를 지나가는 바람 소리가 들려왔다. 책의 마지막 장을 덮은 후, 나는 먹먹해진 마음으로 정원에 섰다. 이제 나무 한 그루를 매개로 세상과 내가 어떻게 이어져 있는지를 조금은 알 것 같았다. 앎의 순간이 주는 지적인 희열 덕분에 늘 보던 나무들이 등불이라도 켜진 듯 밝아 보였다. 깊은 숲속의 깨끗한 나무가 아니라 먼지와 매연에 시달리는 도시의 나무들이라 더 애틋했다. 내가 자연으로부터 멀리 떨어져 있다고 느꼈던 그 순간에도 나는 혼자였던 적이 없던 셈이었다. 덕분에 나는 매일 오가며 마주치는 나무의 이름을 더 다정하게 부르게 되었고, 내가 미처 알지 못하는 나무의 이름을 불러주고 싶다는 바람이 더 간절해졌다.

열두 그루의 나무 이야기는 케이폭나무로 시작한다. 오래전, 폐허가 된 앙코르와트의 사원에서 돌벽을 뚫고 솟아난 나무의 생명력에 매료되었는데도 나는 이름을 알지 못했다. 콘크리트처럼 단단한 회갈색의 뿌리가 무너진 돌들을 뒤엎어 새로운 풍경을 만들어내던 그 나무가 케이폭나무였다. 발삼전나무를 이야기할 때 저자는 나무의 기억력을 증명한다. 털애벌레나 말코손바닥사슴에게 바늘잎을 먹히는 공격을 당하면 그 부위를 맛없는 나뭇진으로 보호하고, 1년 전의 기온까지 기억해 세포의 방한 준비를 할 시기를 아는 나무였다.

나는 나무를 보기 위해, 숲을 걷기 위해 도시를 떠나곤 했다. 하늘을 가리는 콘크리트 빌딩과 흙을 밟을 수 없는 도로

가 싫었다. 나는 끝없이 자연을 찾아 도시를 탈출했다. 잠깐 벗어났다가 도시로 돌아와 다시 편리함을 누리는 일상이었다. 나에게 도시는 자연과 나를 분리하는 장벽이었고, 나를 비롯한 인간은 자연을 오염시키고 파괴하는 침략자에 불과했다. 이 책은 당연하다고 믿었던 이런 이분법적인 사고에 제동을 걸었다. 자연이 별개의 영역이 아니라 나 자신이 자연 안에 속한 야생의 존재라니! 내게는 영화 〈식스센스〉급 반전이었다.

자연과 비자연을 나누는 풍경의 이중성이 커질수록 인간이 이 세상에 속한다는 사실을 깨닫기 힘들어지고, "지표면의 3퍼센트를 차지하고서 인구의 절반을 수용"하는 도시 덕분에 시골의 생명 다양성이 높은 것이니 도시에 고마운 마음을 가져야 한다니, 놀랍고 새로웠다. 내가 사는 도시 안에도 무수한 생명이 존재한다는 사실이 새삼스럽게 다가왔다. 옥상 텃밭의 블루베리며 앵두 열매를 먹어치우는 까치를 비롯한 새떼를 미워만 했지 인간이 장악한 도시에서 그들이 어떤 삶을 감당하고 있는지는 생각지 않았다. 도시의 전자파는 새들의 나침반을 교란하고, 경유가 내뿜는 매연은 벌들의 구애를 헷갈리게 하고, 도시의 냄새는 나방이 길을 잃게 만든다.

새로운 앎이 주는 충격은 책을 읽어나갈수록 깊어졌다. 외래종이라고 비난받는 식물들이 한때는 칭송받았던 현실을 돌이켜보면 인간이 자신의 필요에 따라 식물을 바라보는 관점에서 벗어나야 한다는 것도, 한 지역이 부유해져 숲을 보호한다는 것은 목재 수요가 사라지지 않는 한 다른 지역의 숲이 사라지고 있는 일에 불과하다는 사실도 깨닫게 되었다. 우리의 삶은 이런 식으로 이어져 있었다! 어떤 생명도 단독자로서 존재할 수는 없다. 그러니 결국 다른 존재에게 의지하는 '공동의 삶' 외에는 다른 삶이 없다.

이제 내 삶이 조금은 무거워질지도 모르겠다. 사소한 행위가 나와 연결된 다른 생명에게 미칠 영향을 가끔씩이라도 고민하게 될 테니. 책 한 권 읽고 나서 무슨 이런 비장한 고백이냐고? 책이 열어주는 앎의 세계를 돌아서면 잊어버리는 이 가벼운 삶을 경계하려는 몸부림이다. 이것만 하면 혹은 하지 않으면 모든 문제가 해결되리라 믿었던 단순하고 평면적인 내 세계관과도 작별할 때다. 모든 것이 연결되어 있으니 한 가지 문제를 해결하면 다른 문제가 등장한다. 핵발전을 하지 않으려면 화석연료의 사용에 더 의지하게 되고, 풍력발전소를 짓다 보면 소음이나 조류 생태에 심각한 영향을 미치게 된다. 태양열발전을 활성화하려면 우리나라 같은 지형에서는 숲을 수없이 깎아내야만 한다. 인내심 없는 나는 '그러면 어쩌라고?' 되묻고 싶어진다. 하나의 확고한 정답을 찾으려는 시도가 아닌, 오류를 끝없이 수정하며 끈기 있게 연대하며 나아가려는 노력. 이 세계 안에서 인간이라는 종이 지닌 영향력을 무겁게 자각하며 살아가는 것, 그 예민함과 수고로움이 우리가 지닌 유일한 대안이 아닐까. 그러기 위해서는 공부해야 한다. 무지는 곧 죄악으로 이어질 수 있기에. 내가 속한 이 세계를 정확히 이해해야 하고, 과학적인 지식에 기반한 지혜로운 실천을 지속적으로 해나가야 한다.

이 책의 저자는 생태 미학이란 '자극적인 예쁨이나 감각적 참신함' 같은 피상적인 인상이 아니라 '생명 공동체 안에서 지속적이고 체화된 관계를 맺음으로써 아름다움을 지각하는 능력'이라고 말한다. 그런 미학적 능력은 당연히 자연에 깃든 생명의 소리에 귀 기울이고, 오래 바라보며 '지속적인 신체적 관계'를 맺을 때 생겨난다. 저자가 또 다른 책《숲에서 우주를 보다》에서 같은 장소를 1년에 걸쳐 꾸준히 찾으며 작은 원에서 수많은 생명의 촘촘한 그물을 드러내 보였듯이 나도 나만의 작은 우주를 읽어내고 싶다. '자연의 위대한 연결자'로서의 나무를 제대로 만나고 싶다. 그 준비가 된다면, 다시 아마존을 찾아가고 싶다. 배낭 속에 몇 권의 책과 도구들을 넣어서. 그때는 아마존의 숲에 깃든 나무의 이름을 한 그루 한 그루 불러주고 싶다. 망원경으로 우듬지에 깃든 열대의 새들을 찾아볼 것이고, 소나기가 지나간 후에는 나무의 몸에 청진기를 대고 뿌리로부터 물을 빨아들이는 소리를 들어볼 것이다. 그럼으로써 내가 이름 불러주고 어루만지고 오래 들여다본 몇 그루의 나무를 내 안에 새길 것이다. 그날이 오기까지는 서울이라는 도시의 자연에 깃든 생명의 소리를 읽어내려 애쓰면서.

○ 나무의 노래

지은이 데이비드 조지 해스컬은 미국의 생물학자이며,
우리 시대 최고의 자연문학 작가로 평가받는다.
이 책에서는 아마존 열대우림, 이스라엘-팔레스타인
분쟁지역, 스코틀랜드, 일본 등 전 세계의 열두 종의 나무를
관찰하고 기록했다. 노승영이 옮겼고 에이도스가 펴냈다.

살고 싶은 삶의 길을
스스로 선택한 자의 이야기

네팔
히말라야

인투 더 와일드

파타고니아. 알프스. 히말라야. 떠올리는 것만으로 심장이 뛰는 장소들이다. 서른에 지리산을 만난 이후, 산은 내 인생의 산소호흡기 같은 역할을 해왔다. 한동안은 산에 오를수록 더 높이 오르고 싶은 욕망에 시달렸다. 한 번도 서보지 못한 고도에서 세상을 내려다보고 싶다는, 자연스러우면서도 쓸데없는 갈망이었다. 그 시절에는 등산복을 입은 사람만 봐도 반가웠다. 내가 오른 적 없는 큰 산을 오르는 사람들을 경외했다. 그러니 네팔에 빠진 것은 당연했다. 히말라야를 품은 그곳에는 지구에서 가장 높은 봉우리 열네 개 중 여덟 개가 있었다. 맑은 날이면 카트만두에서도 설산이 보였고, 타멜 거리에서는 등산복이 공식 드레스코드였다. 에베레스트 베이스캠프, 안나푸르나 일주, 안나푸르나 베이스캠프, 랑탕과 고사인쿤드 등 나는 저비용으로 혼자 할 수 있는 트레킹 코스를 신들린 듯 찾아다녔다.

네팔에 5개월을 머무르는 동안 내 나라 산악인들과 마주치는 기회도 종종 생겨났다. 역시나 그 세계도 내가 속한 곳과 크게 다르지 않았다. 갈등과 화해, 경쟁과 시기, 이기심과 이타심이 뒤엉킨 세계였다. 숭고한 희생과 뜨거운 우정도 있었지만 살기 위해 동료를 버릴 수도 있는 곳이었다. 어떻게 오를 것인가를 고민하기보다는 정상에 오르는 것에 더 관심이

쏠린 이들이 많았다. 인품이 그리 뛰어난 것 같지 않은 이들이 리더인 점도, 산에서 내려와 술을 마시다 싸움판을 벌이고 마는 일도, 압도적으로 남성 중심인 것도 사회의 축소판이었다. 산에 다니는 사람들에 대한 환상은 순식간에 무너져 내렸다.

나는 현실에서 도피해 산악문학의 세계로 들어갔다. 일본과 서구의 등반기, 산악 소설과 만화를 탐독했다. 손에 땀을 쥔다는 진부한 표현대로 내내 긴장하며 읽었던 책 중의 하나는 이 분야의 고전이 된 존 크라카우어의 《희박한 공기 속으로》였다. 1996년에 일어났던 에베레스트 상업 등반의 비극(12명이 사망했다)을 냉혹할 정도로 자세히 묘사한 수작이었다. 그 안에는 이기적이고 위선적인 인간의 민낯이 가득했다. 그 책을 읽은 후 카트만두의 헌책방을 뒤져 그가 쓴 다른 책을 찾았다. 영문판 페이퍼북 한 권이 손에 들어왔다. 영어로 쓴 글이라면 광고도 안 읽는 내가 더듬거리며 읽었던 책이 《인투 더 와일드》다.

이 책은 모든 것을 버리고 야생으로 들어간 청년의 이야기다. 그의 이름 크리스 맥캔들리스 앞에는 우리가 좋아하는 수식어가 다 붙는다. 부유한 집안, 명문대, 우등 졸업과 같은. 대학의 졸업식을 마치자마자 그는 전 재산을 구호단체에 기부하고 가족과 연을 끊고 사라진다. 2년 간 미국의 온갖 곳을 떠돌던 그는 1992년 4월, 히치하이킹으로 알래스카로 향했다. 배낭에는 소로와 잭 런던, 톨스토이의 책들과 사냥총이 들어 있었다. 그는 데날리 국립공원 부근의 버려진 버스에서 살면서 수렵과 채집으로 생존했다. 고독을 이겨내고 맨몸으로 자연과 대면했다. 113일 간. 그러다 사소한 실수를 하고 그 결과로 굶어 죽었다. 그 부주의함 때문에 그는 죽은 후에도 가혹한 비판을 받아야 했다. 영웅주의에 빠진 어리석고 오만하며 무모한 젊은이라고. 그의 행동은 무책임한 만용에 불과했다고. 그의 흔적을 좇아가는 존 크라카우어는 자신의 젊은 시절을 회상하며 젊음은 무모할 수밖에 없다고 옹호한다. 이 책을 두 번 읽고 10년간 크리스의 가족을 설득해 동명의 영화를 만든 숀 펜도 그의 삶에 우호적이다. 무모함과 자신에 대한 과대평가는 젊음의 특징이다. 죽음의 그림자를 엿본 적이 없으니 두려움도 없다. 경험치가 적으니 실수가 따를 수밖에 없다. 자신이 저지른 미숙한 실수를 그는 의연하게 받아들였다. 총을 들어 고통스러운 마지막을 앞당길 수도 있었는데 그는 침낭에 누워 죽음이 찾아오기를 기다렸다.

진보는 삶의 단순화라고 했던 간디의 말이 맞다면 그가 이룬 것은 진정한 진보였다. 그는 살고 싶은 삶의 길을 스스로 선택했다. 소모적이고 물질적인 삶을 버리고 대지에 딱 붙어 제힘으로 살아남으려 애썼고, 거의 성공하기까지 했다. 한 청년이 자연 속에서 전 존재를 걸고 생존의 가능성을 실험하는 그 행위에 어떤 의미가 있냐고 묻는다면 나는 이렇게 답하고 싶다. 사무실에서 혹은 공장에서 일하는 동안 크고 작은 위선의 가면을 쓰기도 하지만 그렇게 버텨가는 우리들의 삶이 무의미하다고 말할 수 없는 것처럼 그의 삶 또한 그렇다고. 생존 그 자체를 위해 바치는 노동이 무언가를 구매하기 위한 노동보다 가치 없는 것은 아니라고.

분업화된 사회 속에서 파편화된 노동을 하며 살아가는 한 자신을 전인적으로 인식하게 되는 계기는 드물다. 그래서 우리는 자아를 찾으려 순례길을 걷고, 설산과 빙벽을 오르고, 마라톤을 한다. 때로는 타인이 이해하지 못하는 방식으로 삶의 의미를 발견하려 애쓴다. 어떤 이들은 조직 속에서보다 혼자 있는 것에서 충만함을 얻고, 쉽게 얻을 수 있는 세속의 즐거움보다 위험 속으로 뛰어들어 생존해 나가는 일에서 희열을 느끼기도 한다. 그 모든 모험은 당연하게도 자신에 대한 신뢰가 없이는 불가능하다. 비록 내가 감당할 수 없는 방식이라 해도 그 치열하고도 순수한 열정은 늘 나를 끌어당긴다.

존 크라카우어는 《희박한 공기 속으로》에서 말했다. "에베레스트에 오르려 하는 건 본질적으로 비합리적인 행위"라고. 나는 삶 속에 도사리고 있다가 우리를 낚아채곤 하는 그 비합리성에 매혹되지만, 크리스에 비하면 일찍 늙은 겁쟁이에 불과했다. 파타고니아에서도 히말라야에서도 나는 그와는 비교할 수도 없는 안락한 날들을 보냈다. 파타고니아에서는 식량을 지고 다니며 캠핑을 했고, 히말라야에서는 그조차 필요 없었다. 혼자 다녔지만 내가 원한다면 이야기를 나눌 트레커들이 주변에 있었다. 내 앞에는 자연의 가혹한 위협도 없었고, 지독한 고독도 없었다. 나는 그저 내 짐의 무게만 감당하면 되었다. 내가 자연으로부터 받는 위로는 얼마 지나지 않아 보상처럼 주어질 문명의 혜택이 있기에 가능했다. 보름간 머리를 못 감고 지내보기도 했지만 내 삶에서 온수 샤워를 포기할 수는 없다. 나는 퇴로가 확보되어 있거나 승리가 확실한 경우에나 전투에 임하는 비겁한 겁쟁이다. 그야말로 '야생 체험 코스프레' 정도가 내가 할 수 있는 최대치의 모험이다. 그 코스프레조차도 나름의 용기와 지혜가 필요하고, 스스로에 대한 믿음이 있어야 가능해진다.

인류의 역사에서 수렵과 사냥으로 야생 속에서 살아온 삶이 수백만 년, 정착민으로 살아온 건 고작 1만 년 남짓이라니 우리 유전자 안에 야생에 대한 갈망이 남아 있는 것인지도 모른다. 나 또한 도시에서 무기력해질 때면 내 몸이 기능을 잘 해내고, 내 영혼과 어울리는 장소에 있는 것 같았던 그날들을 그리워한다. 육체의 가능성을 최대한으로 경험하고, 고독마저도 다정히 끌어안고, 내 뜻대로 할 수 없는 자연환경을 겸허히 받아들이는 것. 고작해야 텐트나 산장에 머물며 5천 미터 남짓의 고도를 경험하는 트레킹에 불과했지만 그 단순한 삶에는 더할 나위 없는 충만함이 따라왔다. 조지 맬러리는 거기 산이 있기 때문에 오르는 거라고 했지만, 그들이 산을 오르고 야생의 세계로 들어가는 것은 그곳에서야 자기 자신을 깊이 인식할 수 있기 때문이 아닐까. 폭압적인 힘을 지닌 대자연 속에서 매 순간을 살아남기 위해 고군분투하며 완벽한 집중력을 발휘하고, 무한한 경외감과 두려움 속에서 스스로의 한계를 인정하고 극복해가는 동안에야 겨우 더 나은 나, 본질적인 나, 입체적인 나를 만날 수 있기 때문에. 그런 체험을 통해 단 한 번이라도 나라는 인간의 존재감을 전면적으로 느껴본다면 삶은 달라질 수밖에 없다. 이전의 삶으로 되돌아갈 수는 없다.

크리스는 알래스카의 버스에서 읽던 책 《닥터 지바고》의 여백에 이런 문장을 남겨놓았다. "행복은 나눌 때 진정한 가치가 있다." 스물세 살의 청년이 죽음을 앞두고 남긴 마지막 작별인사는 이러했다. "나는 행복한 삶을 살았고 신에게 감사한다. 안녕, 모두에게 신의 축복이 있기를!" 그가 알래스카로 간 것은 한 번뿐인 자신의 삶을 제대로 살아보겠다는 본능적인 귀향이 아니었을까. 비록 113일의 귀향은 비극으로 끝이 났지만 그의 정신은 오롯이 살아남아 내 영혼을 조용히 흔들어놓는다. 그는 진정한 YOLO You only live once족이었다.

○ 인투 더 와일드

1992년 8월, 알래스카 오지의 버려진 버스 안에서 크리스토퍼 존슨 맥캔들리스의 시체가 발견된다. 그 사건의 기사를 쓰게 된 존 크라카우어는 기사를 완성한 뒤에도 이 청년의 삶과 죽음에 마음이 이끌려 오랜 취재 후 이 책을 썼다. 이순영이 옮겼고 바오밥이 펴냈다.

끝까지 가본 사람들

러시아

안나 카레니나

아무래도 틀린 것 같다. 체온계는 여전히 39도를 가리킨다. B형 독감에 걸려 앓아누운 나는 읽던 책을 손에서 놓고 만다. 주말까지 완독하겠다고 다짐했던 세 권짜리 소설을 적이라도 되는 듯 노려본다. 문학사에서 가장 유명한 문장으로 시작하는 소설이다. "행복한 가정은 모두 고만고만하지만 무릇 불행한 가정은 나름나름으로 불행하다." 이 소설은 2007년, 영미권 현역 작가 125명이 꼽은 '최고의 문학 작품'에 오르기도 했다. 이쯤이면 짐작이 갈 것이다. 독감으로 혼미한 내가 씨름하는 책이《안나 카레니나》임을. 러시아와 톨스토이라니. "자, 오늘 네가 다 캐내야 할 감자밭이 여기야." 축구장 백 배만 한 땅에 호미 한 자루 던져주고 가버린 농장 감독을 향한 원망이라고나 할까. 시작도 하기 전에 실패를 약속받은 기분이었다. 소설의 줄거리쯤이야 알고 있다. 세기의 불륜으로 여기저기서 자주 언급되는 데다가 영화로도 두 번이나 봤으니. 나처럼 소설의 내용을 아는 사람은 많아도 완독한 사람은 적을 거라는 불순한 확신마저 든다. 줄거리를 너무 잘 알아서 책으로는 손이 안 갔던 걸까. 아니면 책 두께에 질린 것일까. 나는 한숨을 내쉬며 책을 손에 들었다.

첫 러시아 여행에서도 이런 막막한 기분에 빠져 있었다. 그 여행에서 내가 깨달은 것은 나의 무지뿐이었기에. 러시아라면 도스토옙스키나 톨스토이보다 먼저 떠오르는 건 KGB나 스탈린 독재, 시베리아 유형소 같은, 음침하고 위험한 분위기였다. 막상 가보니 속고 살아온 기분이 들었다. 페테르부르크의 넵스키 대로에도, 모스크바의 붉은 광장 주변에도 어마어마한 스케일의 루미나리에가 반짝거렸다. 거리는 넓고 깨끗했고, 건물은 크고 웅장했다. 내가 상상했던 '소련' 시절의 우중충한 러시아는 어디에도 없었다. 날씨 빼고는.

나도 모르게 탄성이 터진 건 레닌 국립도서관에서였다. 국립도서관이 이렇게나 격조 있고 우아하다니! 결이 좋은 나무로 만든 열람실 책상과 의자는 기능적이면서도 아름다웠다. 세월의 흔적이 부드럽게 새겨진 나무 계단과 대리석 기둥은 조화로웠으며 잘 자란 초록 식물이 군데군데 놓인 서가는 아늑했다. 도서관 입구에는 도스토옙스키 동상이, 열람실 안에는 레닌 두상이 호위하듯 자리하고 있었다. 열람실을 내려다보는 레닌에게 슬며시 따졌다. 국립도서관이 이토록 아름답다니 반칙이라구요. 러시아가 10세기 무렵에 동방정교를 국교로 받아들인 이유가 예배의 아름다움 때문이었다는 글이 기억났다. 아름다움에 대한 이들의 집착은 거의 종교적일 정도로 열렬했다. 모스크바의 지하철역에 처음 들어섰을 때 어디에서도 본 적이 없는 지하 세계가 펼쳐졌다. 미학적이면서도 역사적 의미로 가득한 지하철은 처음이었다. 역마다 주제를 정해 —10월 혁명, 러시아 연방 소개, 계절에 따른 농사, 지역별 풍습, 소비에트의 24시간 등— 조각과 회화, 모자이크, 스테인드글라스 등 다양한 예술적 방식으로 주제를 표현했다. 정확히 2분마다 운행되는 지하철이 멈출 때마다 끝없이 사람들이 타고 내렸다. 바쁘게 오가는 사람들 속에서 나는 넋을 잃은 채 천장의 부조를, 벽의 조각을, 반짝이는 샹들리에를 바라보고 있었다. 그날 찾아다닌 역 중에 두 곳은 지하철 건설 노동자로 일했던 청년들의 이름을 따기도 했다. 상트페테르부르크의 수많은 궁전과 교회도 내가 본 적 없는 화려함으로 빛나고 있었다. 그 사치스러움이 상상을 초월해 종종 중얼거리게 될 정도였다. 이러니 혁명이 일어나지. 사치도 적당히 했어야지.

마린스키 극장에서 발레 호두까기 인형을 보면서도, 러시아 미술관에서 마주친 브루델의 그림 앞에서도, 작가와 예술가들의 이름을 딴 거리를 걸으면서도, 에르미타시 박물관이나 여름 궁전에서도 나는 좀처럼 정신을 차리지 못했다. 이 나라에 대해 천진할 정도로 무지했던 자신이 그저 한심하게 느껴질 뿐. 여행을 다니다 어쩌다 마주친 러시아 여행자마다 좀 잘난 척하는 것 같아서 저 성격은 국민성인가 하는 편견을 갖고 있었다. 짧게나마 러시아를 세 번 다녀온 지금의 나는 담담히 인정한다. 잘난 척이 아니었어. 그냥 잘난 거였어.

사실 내가 러시아에 매료될 이유는 많았다. 읽을 수 없는 문자에 혹하는 내 허영심, 거리감 없이 훅 들어오는 사람보다는 가까워지기 위해서 시간이 필요한 사람(감정을 쉽게 드러내지 않고, 자기 영역이 확실한 사람)에게 끌리는 내 기묘한 성향. 이질적인 것들이 섞여 만들어내는 이종교배 문화에 대한 두려움 섞인 호감. 이런 취향에 러시아는 맞아떨어졌다. 키릴 문자는 내게 그림 같았다. 사람들은 무례하게 느껴질 만큼 딱딱한 언동 속에 가끔씩 친절인 듯 친절 아닌 듯 친절의 희미한 온기를 시전했다. 유럽과 아시아를 아우르는 7천 7백 킬로미터에 이르는 동서 거리가 만드는 다층적인 문화. 기독교이지만 동방정교를 믿는 나라인 데다가 봉건주의에서 공산주의를 거쳐 자본주의로 넘어온 다이내믹한 역사. 엄청난 사치를 누리던 귀족들과 황제를 처형한 후 인류 최초의 사회주의를 일군 곳이자 지구에서 달로 우주선을 쏘아 보낸 첫 나라였다.

사치든 향락이든 혁명이든 갈 수 있는 극한의 막다른 곳까지 갔던 사람들이었다. 뭐 이런 나라가 다 있지? 도대체 이런 극적인 삶을 이 나라 사람들은 어떻게 살아낸 거지? 러시아에서 돌아온 후에야 나의 러시아 여행은 시작된 것 같았다. 러시아 미술사에 관한 책들을 사들이고, 러시아 작가들의 책을 다시 읽기 시작했으니. 그 와중에 책장을 장식만 하던《안나 카레니나》를 꺼낸 터였다. 안나를 알고 나면 러시아 사람들을 조금 더 이해할 수 있을 것 같았다.

안나는 명예와 재산, 남편과 아들까지 가진 여성이었지만 사랑이 없이는 자신은 아무것도 아니라고 믿었던 여인이다. 그 믿음으로 용감하게 선택한 사랑은 주변의 냉대와 멸시 속에 파국을 맞는다. 안나의 비극적인 사랑이 내 마음을 흔든 건 그녀가 절망 속에서도 마지막 순간까지 달려갔던 사람이기 때문이다. 끝까지 간 사람들, 그래서 파멸하고 만 사람들의 이야기는 두려우면서도 마음을 끈다. 사랑에 빠져본 적이 있는 이라면 알 것이다. 맹렬히 타오르던 불꽃은 꺼지고 만다는 사실을. 열정이 사그라진 후에는 황폐함만 남을 뿐이다. 그럼에도 불구하고 어떤 이들은 눈 멀고 귀 먼 상태에서 끝을 향해 달려간다. 한순간도 더는 견딜 수 없다 믿었던 그 자리로 결국엔 다시 돌아오고 마는 끝이든, 전에 사랑하던 모든 것들이 참혹하게 부서져 사라지는 끝이든, 운 좋게 그 어느 쪽도 아닌, 다시 몸을 일으켜 한 번도 가보지 못한 곳을 향해 나아갈 수 있는 정도의 힘이 남은 그런 끝이든. 사랑이 주는 찰나의 달콤함도, 그보다 오래 남는 이별의 씁쓸함도 맛보았고, 끝에 선 자의 막막한 절망도 내 것으로 취해본 이들이라면 안나의 사랑을 지켜보는 것만으로도 충분히 버겁지 않을까.

브론스키에게 복수하겠다는 충동적인 마음으로 기차에 뛰어들었지만 안나는 결국 자신을 살게 하는 사랑을 찾아 끝의 끝까지 달려갔다. 윤리적으로 올바르지만 죽은 것 같은 결혼의 삶과 부도덕하지만 살아 있는 것 같이 사는 불륜의 삶이 부딪힐 때 그녀는 거짓과 기만을 혐오하며 사랑으로 뛰어들고 마침내는 스스로를 벌했다. 이제 나는 자기 파멸적인 그 솔직함을 이해할 수 있다. 흠결 없는 인생, 질서정연한 인생이 과연 존재할까? 적어도 내 삶의 길에는 혼돈과 무질서, 부조리의 순간들이 무수했으니.

끝을 알지만 멈출 수 없어 달려가는 순간에야 드러나는 자신 안의 낯선 얼굴을 우리는 모두 마주한 적이 있다. 우리의 삶 또한 죽음이라는 결말을 알면서도 달려가는 기차에 불과하다. 인생의 레일 위에 서 있는 한 마주칠 수밖에 없는 단 하나의 운명이 있다면 그것은 죽음이다. 단지 조금 덜 외로운 죽음과 조금 더 편안한 죽음, 그 정도의 차이가 있을 뿐. 모든 것에 끝이 있다는 것을 인정하기. 사람과 사람 사이의 관계에도 사계절이 있어 싹이 나고, 꽃이 피고, 무성해지다가 마침내는 시드는 날이 온다는 것을 받아들이기. 갈 수 있는 곳까지 묵묵히 걸어가기. 끝을 알면서도 감당해내는 태도가 결국 성장의 증거가 아닐까. 내가 인생에 대해 아는 유일한 사실은 삶의 길목 어딘가에 죽음이 기다린다는 냉혹한 진실뿐인데도 나는 삶을 감당한다. 여행의 끝은 결국 지친 몸으로 집으로 돌아오는 것에 불과함을 알면서도 나는 늘 다시 떠난다. 한 번 떠났다 돌아올 때마다 집은 조금 더 아늑해지고 일상은 더 애틋해진다. 나이가 들수록 죽음은 조금씩 더 생생하고 구체적인 느낌으로 다가온다. 아버지의 급작스러운 죽음을 겪은 이후 죽음은 내게도 이제 낯설지 않다. '그렇게 떠돌다가는 객사 혹은 고독사가 운명'이라는 농담에 서른의 나는 웃어넘겼지만 쉰을 앞둔 나는 담담히 미소 짓는다. 더 나아가 '객지에서의 고독사'가 내 운명이 될 수도 있음을 인정한다. 그러니 떠날 때마다 뒷자리를 생각하고 정리에 들이는 시간이 길어진다.

나를 향해 달려오는 기차의 기적소리가 들려온다. 기차의 속도는 점점 빨라지고, 레일에 부딪히는 바퀴 소리도 점점 높아진다. 내 시야를 가로막을 정도로 커진 기차가 연기를 내뿜으며 달려와 내게 묻는다. 끝내 지금껏 살아온 방식으로 살아갈 것인가를. 언제 찾아올지 모를 인생의 마침표를 앉아서 기다리고 있지는 않겠다고, 나는 모스크바행 비행기표를 손에 든 채 레일 위에 버티고 서 있다. 끝까지 간 사람들, 속을 알 수 없어 더 마음을 끄는 무수한 안나를 만나러 가기 위해.

○ 안나 카레니나

19세기 러시아의 대문호 레프 톨스토이가 남긴 최고의 리얼리즘 소설. 위선, 질투, 신념, 욕망, 사랑 등 인간의 감정과 결혼, 계급, 종교 등 인간이 만들어낸 사회 구조에 대한 톨스토이의 모든 고민이 집약된 소설이다. 박형규가 옮겼고 문학동네가 펴냈다.

지친 허리를 일으켜
다시 한 걸음을 뗀다

3 장

큰 것들을 향한
고요한 싸움

인도

작은 것들의 신

인도는 늘 내게 복잡한 마음을 불러일으킨다. 한 시절 인도는 영적인 삶을 갈망하는 이들의 성지였으며, 거리의 청소부조차 성자라는 소문이 도는 곳이었다. 인도에만 다녀오면 자본주의와 물질문명에 찌든 영혼이 표백되거나 단골 분실품인 자아를 찾을 수 있을 것처럼 여겨지기도 했다. 반면 요즘의 인도는 〈세상에 이런 일이〉에나 나올 법한 끔찍한 뉴스—주로 여성 인권과 관련해—로 주목받는다. 여행지에 대한 환상이 없는 나에게 인도는 경이로웠던 만큼 피곤했던 나라였다.

빈말로라도 여자 혼자 인도를 여행하는 일이 쉽다고는 할 수 없다. 인도에서 가장 힘들었던 건 내내 '인상파'가 되어야 했던 일이다. 걸인에게, 사기꾼에게, 푼돈을 노리는 소매치기에게 내가 만만한 사람이 아님을 증명하기 위해 쉽게 웃어서는 안 되었다. 인력거꾼과 실랑이를 할 때면 가장 가난한 이와 싸우며 그들을 착취한 것 같은 죄책감에 빠져들었고, 옷자락을 잡으며 구걸하는 아이들을 외면할 때마다 마음이 불편해졌다. 위생 같은 개념은 쓰레기통에 던져버린 식당들 덕에 자주 탈이 나기도 했다. 그런 여행이 지긋지긋해질 무렵이면 인도는 전혀 다른 얼굴을 내보였다. 바라나시의 화장터에서 삶과 죽음에 대한 완고한 선입견이 깨어지기도 했고, 라다크에서는 관광이 불러오는 파괴적인 변화에 부끄러워지기도 했으며, 스리나가르의 달 호수에서는 한밤의 총성에 몸을 떨며 전쟁과 죽음이 그토록 가까이에 있음을 확인하기도 했다.

때로는 가장 순수한 영혼과 마주치기도 했다. 벌레라도 죽일까 싶어 비질을 하며 걸어 다니는 자이나교 수도승의 극단적인 생명 존중에 눈이 휘둥그레지기도 했다. 내 눈에는 더럽기만 한 갠지스 강물에 서슴없이 몸을 담그고 경배하는 힌두교 신자들의 모습도, 인생의 한 시기를 들판을 떠돌며 수행하며 지내는 평범한 이들의 모습도 놀랍기는 마찬가지였다. 인도는 그 나라 여성들의 옷 사리만큼이나 다채로운 색을 지닌 땅이었다. 신성한 얼굴과 세속적인 얼굴이 동전의 앞뒤 면처럼 붙어 다녔다. 아무것도 지니지 않은 채 평생을 수행하며 살아가는 이들이 있는가 하면 집 한 채 값이라는 백단나무로 시신을 화장하는 부자들이 있었다. 가난한 서민의 삶에도 수천 년을 이어온 전통과 신화가 풍부하게 살아 있는 반면 그것들을 포장해 외국인들에게 팔아먹으며 호의호식하는 상류층 '구루'도 넘쳐났다. 수많은 이들이 마음의 평안을 얻기 위해 찾아온다는 나라에서 나는 종종 화가 나거나 눈물이 났다. 감정의 기복이 극단을 오갔다. 언제나 인도를 벗어난 후에야 그 땅에서 본 것들을 차분히 돌아볼 수 있었다.

겹겹의 모순이 쌓인 장소일수록 한 권의 책이 몇 번의 여행보다 더 많은 것을 이야기해줄 수 있다. 반세계화 활동가이자 환경, 여성운동가로 소설과 정치 에세이를 써온 아룬다티 로이. 그녀의 첫 소설 《작은 것들의 신》은 인도의 가장 아픈 얼굴을 더없이 우아하게 드러낸다. 소설의 배경은 작가의 고향이기도 한 인도 남쪽의 케랄라 주. 인도에서 가장 부유한 주답게 문맹률이 가장 낮은 주이기도 하다. 그런데도 인도의 모순으로부터 자유롭기는커녕 기독교와 공산주의까지 더해져 첨예한 갈등과 모순의 땅이 되었다. 소설은 계급과 정치, 종교라는 거대한 것들이 연약한 이들의 삶을 어떻게 망가뜨리는지를, "작은 것들의 신"에게 기대어 버텨오던 일상이 얼마나 쉽게 부서지는지를 심장이 죄어들 만큼 생생하게 묘사한다.

켜켜이 쌓인 모순 속에서 생존해야만 하는 이들은 그 모순을 닮아갈 수밖에 없는 것일까. 《작은 것들의 신》에 등장하는 이들은 저마다의 모순을 끌어안은 이들이다. 저명한 학자이면서 놋쇠 화병으로 아내를 구타하는 남편, 아내로부터 극존칭을 받으면서 '야, 너'로 아내를 호칭하는 공산주의자, 노동법을 알려준다며 여직원들을 희롱하는 자칭 마르크스주의자 공장주, 차별에서 벗어나기 위해 기독교도로 개종하지만 오히려 더 많은 것을 잃어버리고 만 불가촉천민들. 누구를 어떻게 사랑해야 하는지가 정해진 땅에서 공산주의자이자 불가촉천민인 한 남자를 저마다의 방식으로 사랑한 가족은 영국과 인도라는 제국과 식민지, 기독교와 힌두교, 가촉민과 불가촉민, 공산주의와 계급 같은 큰 것들 사이에서 부서지고 만다. "여러 가지 절망이 서로 앞을 다투는 곳이며 그래서 개인적인 절망은 결코 충분히 절망적일 수 없는" 나라에서, 누구도 돌봐주지 않는 작고 연약한 이들의 깨어지기 쉬운 삶을 지키기 위해 거대한 신들에 맞서 싸우는 이들은 얼마나 될까.

인도 남쪽의 티베트 사원에 머물던 날들이 있었다. 고즈넉한 사원의 명상 센터에서 열흘의 명상을 마친 직후였다. 인도에서 모처럼 맞은 평화로운 날들이었기에 떠나기가 아쉬웠다. 마침 명상을 가르치던 스님이 사원에서 운영하는 학교와 병원을 둘러보겠느냐고 제안했다. 무료로 운영되는 학교와 병원은 불가촉천민을 위해 지어진 곳이었다. 인도의 카스트 제도는 법적으로는 효력을 상실했지만 일상에서는 여전히 뿌리 깊이 남아 있었다. 불가촉천민은 돈이 있다 해도 공공병원에서 진료를 받을 수 없는 경우가 많았다. 그들의 몸에 닿으면 더러움에 오염된다고 믿는 의료진이 진료를 거부하기 때문이었다. 병원에 올 교통비조차 없는 이들을 위해 마을로 찾아가는 이동 클리닉에도 따라가고, 병상에 누운 채 평생을 보내야 하는 환자와 함께 명상을 하는 시간도 가졌다. 불가촉천민의 현실을 알아갈수록 마음에 자꾸 분노가 치밀었다.

열흘이나 한 명상은 아무 쓸모가 없었다. 내가 이해할 수 없는 완고한 관습과 단호한 편견으로 지어진 성이 내 앞에 있었다. "내 일은 화를 내거나 무기력에 빠지는 게 아니라 해야만 하는 일을 계속 하는 거야"라며 묵묵히 일하던 자원봉사자와 의사와 간호사들이 바보 같았다. 이해할 수 없는 것도 받아들여야 한다고, 이렇게 살아가는 데에는 오랜 세월에 걸친 나름의 사회적 합의가 있었을 거라고, 지나가는 이방인인 나는 함부로 판단해서는 안 된다고 거듭 다짐했지만, 묻지 않을 수 없었다. 어째서 아직 죄짓지 않은 어린아이조차 태어나면서부터 더러운 존재가 되어야 하는지를. 어째서 이들의 종교는 신의 이름으로 계급을 정당화하는 것인지 도무지 알 수 없었다. 정치와 종교, 역사 같은 거대한 톱니바퀴에 끼어 하루를 살아내기에 급급한 삶에도 희망이 있을까. 나는 회의적이었지만 뜻밖에도 그들은 그 잔혹한 현실을 견뎌내고 있었다. 신의 이름을 부르면서.

명상 센터를 떠나던 날 찾아간 학교에서 마주친 불가촉천민 아이들의 얼굴은 평화로웠다. 학교의 입구에는 마호메트와 예수, 부처와 시바신의 그림이 나란히 붙어 있었다. 그 아이들을 위해 아무것도 해주지 않은 신들이었다. 아이들은 명상으로 하루를 시작했다. 푸른 교복을 입은, 눈이 큰 아이들이 자그마한 손을 모았다. 가부좌를 틀고 명상하는 아이들의 얼굴에는 분노가 보이지 않았다. 나 혼자 억누를 수 없는 분노 속에서 그 아이들이 속한 세계를 바라보고 있었다.

나라를 막론하고 가난한 이들일수록 그들에게는 강력한 배후가 있었다. 비참한 삶을 살아가는 이들일수록 지상이 아닌 천상에서의 보상을 믿고 있었다. 현실의 벽이 견고할수록 지금 여기의 삶이 아닌 다른 세계의 더 나은 삶을 기대하는 것일까. 내세, 천국, 윤회, 구원, 업보. 이런 단어들이 내게는 현실에 눈을 감게 만드는 거짓과 기만으로 다가왔다. 고결하고 신성한 세계로 귀의하고자 하는 갈망이 비루한 일상을 견디는 힘이 되어주는 현실이 우스웠다. 지금 이곳의 삶을 개선하지 않는 종교라면 도대체 무슨 소용일까. 걸어도 걸어도 끝내 이르지 못할 길이라 해도 한 걸음이라도 내딛는 것 외에 무엇을 더 해야 하는 걸까. 나는 들리지 않는 신의 음성에 기대기보다는 지친 허리를 일으켜 다시 한 걸음을 더 떼는 사람이라 그들을 이해하기 힘들었다. 신앙과는 거리가 먼 나는 죽은 후의 삶에 대해 아무것도 바랄 수 없었다. 나에게 중요한 것은 오직 지금 이곳뿐이었고, 내 삶도 오직 한 번뿐이었다. 지금 여기의 삶을 변화시키지 않는 종교 따위, 불이라도 질러버리고 싶었다. 영성이 넘치는 땅 인도는 내게 조금도 영적인 힘을 발휘하지 못했다. 나는 분노의 불길을 끄지 못한 채 서울로 돌아왔다.

그해 가을, 나는 성악을 하는 친구의 도움으로 작은 음악회를 열었다. 그날 모은 돈을 명상 센터에서 운영하는 병원으로 보냈다. 병원 1년 예산의 10퍼센트 남짓한 금액이었다. 10년도 더 지난 일인데 재단에서는 여전히 내게 메일을 보내온다. 잊을 만하면 한 번씩 받는 메일을 통해 나는 큰 것들에 대항해 고요한 싸움을 계속하는 이들을 떠올린다. 서로가 서로의 기도가 된 '작은 것들의 신'을.

○ 작은 것들의 신

데뷔와 동시에 부커상을 수상한 아룬다티 로이의 소설이다.
그녀는 이 소설로 이름을 알렸지만, 페미니즘,
환경 문제부터 인도와 주변국의 정치 문제 등 다양한 이슈에
강렬한 목소리를 내는 사회운동가로도 잘 알려져 있다.
박찬원이 옮겼고 문학동네가 펴냈다.

조지 오웰에게

스페인
바르셀로나

카탈로니아 찬가

오웰, 나는 2017년 11월의 바르셀로나에서 1936년 겨울의 당신에게 편지를 씁니다. 내가 있는 곳은 안드레우 닌 도서관입니다. 스페인 내전 당시 통일노동자당 소속 의용군의 숙소였던 팔콘 호텔이 그 당의 지도자로서 처형된 닌의 이름을 딴 도서관이 되었습니다. 나는 햇살이 잘 드는 창가에 앉아 람블라 거리를 바라보고 있습니다. 바로 앞에는 담요를 덮어쓰고 누운 노숙자 한 명이 보입니다. 그 옆으로 헤드폰을 쓴 젊은 여성이 몸을 흔들며 걸어갑니다. 겨울 외투를 차려입은 할머니가 멈춰 서서 가방에서 선글라스를 꺼내 씁니다. 그들은 눈앞의 노숙자가 보이지 않는 듯 스쳐 지나갑니다. 당신이 머물렀던 1936년 겨울의 바르셀로나에서는 상상할 수 없었던 풍경이겠지요. 그 무렵은 이 도시에서 잠시나마 계급이 사라져 모두가 서로를 동지라 부르던 날들이었으니까요.

의용군으로 참전했던 당신이 남긴 기록에 기대어 나는 1936년의 바르셀로나를 상상해봅니다. 신분으로 서로를 나누지 않아 존칭도, 비굴한 아첨도 사라지고 모두가 존엄한 인간이었다던 그 찰나의 시절을. 확성기에서는 내내 혁명가가 울려 퍼지고, 무정부주의자들의 깃발이 내걸린 람블라 거리를. 무기도, 군복도, 식량도 터무니없이 부족했지만 지켜야 한다고 믿었던 가치를 위해 목숨을 걸었던 사람들을. 당신의 시선을 따라가 봅니다. 피 흘리며 쓰러지는 청년의 크게 뜬 눈이, 빵을 사기 위해 긴 줄의 끝에 서 있는 아이의 홀쭉한 배가, 바리케이트를 쌓기 위해 포석을 뜯어내는 긴 치마의 여성이 눈에 들어옵니다. 당신이 맡았을 피의 냄새와 자유의 향기만큼은 전해지지 않네요.

지난 며칠간 스페인 내전을 다룬 당신의 책《카탈로니아 찬가》를 들고 이 도시에 남은 내전의 흔적을 찾아다녔습니다. 빈말로라도 이 책이 재미있다고 할 수는 없습니다. 당신도 인정했듯 책의 많은 부분이 당시 스페인 정세와 당파별 입장 차이를 설명하는 데에 할애되고 있기 때문입니다. 노선 투쟁 부분을 생략하고 요약해본다면 이 정도가 되겠지요.

1936년 2월 스페인 총선에서의 통일사회당, 통일노동자당, 무정부주의자들의 전국노동자연맹 등으로 구성된 인민전선의 승리, 이어진 토지 사유제 폐지, 공장의 집산화, 교회의 폐쇄 등의 개혁 조치. 이에 저항하는 세력과 프랑코 장군의 군사 반란, 다시 파시즘에 맞선 혁명 세력과 혁명이 아닌 전쟁의 승리만을 원하는 공화국 정부 사이의 갈등 정도로요. 당신이 건너뛰어도 좋다고 했던 이 지루한 부분을 굳이 따라간 건 조금이라도 더 당시의 상황을 이해하고픈 욕심 때문이었습니다. 내전이 터지자 전 세계 53개국에서 4만 명 가까운 젊은이들이 함께 싸우기 위해 피레네산맥을 넘어왔습니다. 무엇이 그들로 하여금 남의 나라 내전에 목숨을 걸게 만들었던 것일까요?

스페인 내전에는 어니스트 헤밍웨이나 앙드레 말로 같은 작가도 참전했는데 당신은 그들을 만났나요? 전선에서 마주쳐 담배라도 나눠 피웠다면 더 재미있는 이야기가 나왔을 것 같다는 쓸데없는 상상도 해봅니다. 그들 외에도 파블로 네루다, 시몬 베유와 알베르 카뮈, 파블로 카살스, 파블로 피카소와 같은 이들이 저마다의 방식으로 프랑코에 맞섰지요. 스페인 내전은 '인류 양심의 시험지'라고 불리기도 했으니까요. 결국 혁명은 실패로 끝났고 프랑코 독재의 시대가 시작되었습니다.

몬주익 성에 올랐던 날, 나는 내전 당시 카탈로니아 정부의 대통령이었던 루이스 캄파니를 만났습니다. 의용군의 무장해제를 둘러싼 카탈로니아 정부의 정책과 노선은 당신이 지적한 대로 비판받아 마땅하지만, 어쨌든 그는 민주적으로 선출된 정부의 수반으로서 교수형을 당한 최초의 유럽인이었지요. 사형 전날에 그가 남긴 유서는 인간의 품격에 대해 생각하게 했습니다.

“나를 상처 입힌 사람들을 용서합니다. 내가 상처 입힌 사람들에게 용서를 구합니다. 나는 어떤 원한도 없이 평화롭게 죽음을 맞이합니다. (……) 이상을 위해 죽을 수 있도록 허락하신 신에게 감사합니다. 미천한 나에게 이보다 더 가치 있는 끝은 없을 것입니다. 카탈로니아를 위하여, 카탈로니아가 상징하는 평화와 정의와 사랑을 위하여.”

죽음을 앞둔 인간이 보여준 고결함은 나를 울렸습니다. 몬주익 언덕에서 내려온 나는 산 펠립네리 광장을 찾아갔습니다. 당신이 아라곤 전선에 있던 1938년 1월 30일, 독일군의 폭격으로 이곳에서 42명이 사망했습니다. 사망자의 대부분이 교회당에 있던 아이들이었습니다. 광장을 가로지르며 공을 차는 아이들 뒷벽에는 선명한 포탄 자국이 남아 있었습니다. 나는 치안대의 본부였던 카페 모카에도 들러 당신이 총을 들고 보초를 서던 맞은편 건물의 옥상을 응시하기도 했지요. 내 발걸음은 공산당 본부였던 콜론 호텔과 당신의 아내가 머물던 콘티넨탈 호텔을 지나 당신의 이름을 딴 조지 오웰 광장으로 이어졌습니다. 이 도시는 여전히 과거를 기억하고 있었습니다. 사형당한 대통령의 이름을 딴 올림픽 경기장, 사회주의자 지도자의 이름을 붙인 도서관, 당신의 이름을 내건 광장

같은 식으로요.

오웰, 최근 바르셀로나는 스페인 내전 때만큼이나 소란스럽습니다. 거리에는 독립을 외치며 행진하는 이들이 있고, 건물에는 다시 깃발들이 걸려 있지만 외부의 시선은 싸늘합니다. 사람들은 그들이 오직 돈의 욕망에 움직이는 것뿐이라고 비판합니다. 독립을 이야기하는 건 정치인들의 술수에 지나지 않는다고도 합니다. 실제로 독립에 찬성하는 비율은 절반에 못 미치기도 합니다. 그럼에도 불구하고 나는 이 도시의 편에 서고 싶습니다. 이 도시가 지금껏 나아온 방향 때문입니다. 반란군에게 진압당한 후에도 이 도시는 자유와 평등을 향한 정신을 포기하지 않았습니다. 바르셀로나의 시민들은 스페인에서 가장 먼저 공식적으로 투우를 금지했으며, 기간산업의 국유화에도, 중앙권력의 강화에도 격렬히 저항해왔습니다. 언론과 표현의 자유를 한결같이 옹호해왔으며 2017년 여름의 차량 테러 후에도 이슬람 혐오를 거부하며 관용의 정신을 지켜왔습니다. 나는 이 도시에서 고독한 개인들, 나와 다를 것 없는 약자들의 우아한 연대를 먼저 봅니다.

그래서일까요, 오웰. 프랑코 독재가 끝난 후 스페인이 내전 당시의 범죄자 처벌을 하지 않고 과거를 묻어두기로 했던 결정을 나는 이해하지 못합니다. 과거를 청산하지 않은 민족은 미래를 향해 제대로 나아갈 수 없다고 믿기 때문입니다. 내전은 50만 명 이상의 사망자와 60만 명의 부상자, 45만 명의 국외 망명자라는 수치로 끝이 났습니다. 그런데 '망각의 협정 Pacto de Olvido'이라니요. 당신이 생전에 프랑코 독재의 최후를 보지 못해 아쉬워해야 하는지, 과거를 묻기로 한 어처구니없는 정치적 타협을 보지 못해 다행이라 여겨야 하는지 저는 모르겠습니다. 결국, 스페인 정부가 과거사 청산법인 '역사 기억법'을 통과시키기까지는 독재가 끝난 후에도 40년의 세월이 더 필요했습니다. 2007년 좌파정권이 들어선 후에야 희생자의 유해 발굴을 지시하고, 독재 치하 사법 판결의 부당성을 인정하고, 프랑코의 동상이나 기념물을 철거하고, 해외 망명자의 후손들에게 스페인 국적을 부여하는 등 역사를 바로 세우기 위해 노력합니다. 당신 또한 화해와 용서는 진실에 대한 명확한 규명이 전제된 후에 시작되는 것이라고 생각하겠지요. 그러니 나는 과거를 기억하기 위해 애써온 바르셀로나의 노력을 높이 사고 싶습니다.

오웰, 당신의 책 《카탈로니아 찬가》를 처음 읽었던 30대의 나였다면 당신에게 쓰는 편지의 내용이 달라졌을지도 모르겠습니다. 나는 이제 혁명의 순수함을 믿지 않으니까요. 아니, 그보다는 혁명이라는 수단의 효용성을 믿지 않는다는 말이 맞겠네요. 모든 혁명은 권력을 쥐는 순간, 제 스스로를 향한 배신을 시작한다는 누군가의 말에도 동의하구요. 혁명의 본질이 변해가는 모습을 현장에서 지켜봤으면서도 당신은 참전 경험을 통해 인간의 품위에 대한 믿음이 더 강해졌다고 했지요. 세상은 여전히 혼란스럽고, 어디에선가는 전쟁이나 내전이 벌어지고 있습니다. 당신이 글을 쓰던 시절과는 달리 이제 우리는 무심합니다. 어쩌면 우리는 너무 많은 전쟁을 보고 들어 수전 손택의 지적대로 그저 '타인의 고통'에 불과한 것으로 여기는 건지도 모릅니다. "인류는 정의도 패배당할 수 있다는 사실을, 폭력이 정신을 꺾을 수 있음을, 그리고 용기가 그에 상응한 보답을 받지 못할 때가 있다는 사실을 스페인에서 배웠다"고 한 까뮈의 말이 맞는다면, 인류는 그때 이후 냉소적으로 변하기 시작했던 것일까요.

당신은 스페인 내전에 참전한 이유를 파시즘과 싸우기 위해서라고, 공동의 품위를 위해서라고 말했지요. 우리는 이제 인터넷의 발달로 그 어느 때보다 공동의 품위를 위해 싸우기 좋은 시대를 살고 있습니다. 인류만이 아니라 다른 종의 품위를 위해서도 싸우고 있죠. 오늘 이란의 여성이 히잡을 쓰지 않았다는 이유로 재판정에 섰다는 소식에, 티베트의 스님들이 독립을 요구하며 절에 벽서를 붙였다는 소식에도, 방치된 채 학대받는 개와 고양이들의 사진에도 우리는 쉽게 '화나요'나 '좋아요'를 누를 수 있게 되었지요. 온갖 운동과 이념, 혁명이라는 단어가 이토록 넘쳐나는 시기가 또 있었을까요? 그래서일까요. 나는 누구나 자신의 정치적 의견을 쉽게 표명할 수 있는 시대에 살면서도 꼭 말해져야 할 것은 정작 말해지지 않는다는 막연한 느낌이 자꾸 듭니다. '좋아요'를 누르는 건 손가락 운동조차 되지 않는다는 회의적인 생각도 들구요. 정치적 운동이 반드시 목숨을 내놓는 비장한 혁명이 되어야 한다는 말은 아닙니다. 우리는 인터넷과 SNS의 편리함에 기대어 살지만, 그것들이 실은 인간이라는 종의 우월한 덕목인 연대를 더 저해하는 요소가 되기도 한다는 생각이 들어서요. 몸과 몸이 만나 손에 손을 잡고, 팔에 팔을 걸고 앉거나 드러누워 함께 맞섰던 젊은 날의 기억이 제게는 선연하게 남아 있습니다. 아마도 저보다 어린 세대는 서울이라는 도시의 광화문 광장에 모여 앉았던 추운 겨울밤을 잊지 못하겠지요? 그건 몸을 움직여 몸의 파도로 성을 무너뜨린 경험이었으니까요.

오웰, 스페인 내전 이후 다국적 젊은이들이 혁명의 기치

아래 모여든 경우는 슬프게도 이슬람국가 IS뿐이었습니다. 1백 여 개국 3만 명의 젊은이들이 모여들었으니까요. 그럼에도 불구하고 나는 믿고 있습니다. 인류 전체의 품위가 심각하게 위협당하는 순간이 온다면, 당신처럼 그 싸움으로 몸을 던지는 이들이 있을 거라는 사실을요. 그런 날이 온다면 나도 그들 곁에 서 있고 싶습니다. 당신의 그 유명한 말, "어떤 책이든 정치적 편향으로부터 진정으로 자유로울 수 없다. 예술은 정치와 무관해야 한다는 의견 자체가 정치적 태도인 것이다"라는 말을 나의 말로 바꾸어봅니다. 어떤 개인의 삶도 정치로부터 무관할 수 없다고. 그것이 내가 이국의 고요한 도서관에서 당신에게 편지를 쓰는 이유입니다.

○ 카탈로니아 찬가

작가 조지 오웰이 공화파 의용군으로 참전해 겪은 스페인 내전을 생생하게 묘사한 고전. 권력 투쟁의 환멸을 사실감 있게 그려내며 신랄한 유머까지 담고 있다. 정의와 평등을 위해 투쟁하는 작가적 양심의 기록이기도 하다. 조지 오웰이 쓰고 정영목이 옮겼으며 민음사에서 펴냈다.

당신의 눈을 믿어라

끔찍했다. 온몸에 구멍이 뚫린 채 거꾸로 누운 피투성이 몸. 얼굴의 일부가 날아간 병사의 쏟아져 내린 내장과 피가 뒤섞인 붉은 바닥. 장대에 매달린 죽음의 신이 살육을 독려라도 하듯 손가락을 들어 어딘가를 가리키고 있다. 거대한 캔버스 안의 세계는 살육이 정당화되는 곳이자 타인을 죽여야만 내가 살 수 있는 세계다. 나는 곧 다가올 체벌을 기다리는 아이처럼 몸이 저렸다. 오랫동안 보고 싶었던 그림 앞에 섰는데 시선을 돌리고 싶었다. 그림 하나를 보기 위해 한 도시를 찾아온 것도, 이토록 불편한 그림을 마주한 것도 처음이었다.

비 내리는 11월 말의 오후, 나는 독일의 드레스덴에서 오토 딕스의 〈전쟁 제단화〉를 마주하고 있었다. 그는 제1차 세계대전의 최전선에서 전쟁의 실상을 목도했기에 이런 그림을 그릴 수 있었을 것이다. 이 그림을 통해 그는 무엇을 말하고 싶었던 걸까. 인간이란 이토록 어리석은 짓을 저지르는 존재라는 것을? 전쟁의 참혹함을 잊어서는 안 된다는 당연한 사실을? 하지만 망각이야말로 인간의 가장 뛰어난 재능이 아니던가. 그렇지 않고서야 세계의 한쪽에서 여전히 일어나고 있는 전쟁들을 설명할 수 없다. 이 참혹함이 전쟁이다, 전쟁은 여전히 계속되고 있다, 그런데도 너는 무관심할 수 있느냐, 돌아서려는 나를 잡아당기며 끈질기게 묻는 것 같은 그림이었다. 모든 것을 자신의 눈으로 봐야만 했다고, 인생의 모든 천박함을 몸소 체험해봐야만 했다고 고백했던 리얼리스트의 그림을 마주하고 있으려니 내가 아는 인생의 비루함쯤이야 아이의 장난 같다는 기분이 들었다. 미추를 분별하는 일반적인 시선을 따르자면 분명 추함에 가까운 그림이지만, 그래서 더 강렬하게 사람을 사로잡는 힘이 있었다.

나는 미술관의 의자에 앉아 숨을 골랐다. 창밖으로 회색빛 하늘이 낮게 내려와 있었다. 가방에서 가이드북 삼아 들고 온 책을 꺼냈다. 오토 딕스의 이름을 내게 알려준 서경식의 책 《고뇌의 원근법》이다. 그의 책 《나의 서양미술 순례》를 들고 유럽배낭여행을 떠났던 1993년 여름 이후, 나는 그의 '전작주의' 독자가 되었다. 그의 책은 쉽게 읽히지 않는다. 그가 이야기하는 그림은 편안하게 감상할 수 있는 아름다운 그림이 아니다. 어두운 진실을 사투하듯 응시한 끝에 제 피를 물감 삼아 그린 그림들이다. 그가 이야기하는 인간은 순진하거나 낙관적인 인간이 아니다. 밑바닥을 들여다봤기에 제 안에 심연을 품은 인간이다. 그는 소외당한 자, 억압당한 자, 추방당한 자의 시선으로 세계를 바라본다. 그 시선을 따라가는 일은 종종 외면하고 싶을 정도로 고통스럽다. 그가 자신의 전 생애를 걸고 질문하기 때문이다. 세계는, 한국은 어디로 나아가고 있으며 인간은 어떤 존재인지를. 그 속에서 당신은 무엇을 하고 있는지를. 안 그래도 인생에는 피곤한 일투성이인데, 정색하고 이런 질문을 던지는 책을 읽는다는 건 어쩐지 손해 보는 일처럼 여겨지기도 한다. 딱 오토 딕스의 그림 같은 글이다. 하지만 타인의 고통은 나 몰라라 하며 한평생 살다 가는 건 좀 수치스럽다. 어쩐지 인간이 아닌 축생의 삶 같다고나 할까.

어떤 사회에나 불편한 진실을 들여다볼 것을 요구하는 소수의 사람들이 있다. 그들은 이중으로 고통받는다. 우리를 수치스럽게 만드는 진실을 혼자서 대면하는 고통과 그로 인해 사회로부터 배척당하는 고통이다. 서경식이라는 존재 또한 그렇다. 그를 비롯한 형제(그의 형들인 서승, 서준식은 박정희 정권이 조작한 재일교포유학생 간첩단 사건의 희생자로 감옥에서 19년을 복역했다)의 삶은 한국 현대사의 부끄럽고도 불편한 진실이다. 그는 과거를 잊지 않아야 앞으로 나아갈 수 있다고, 잊고 싶은 과거를 반복해서 상기시킨다. 그럴 때 내가 할 수 있는 일은 그 이야기에 귀를 기울이는 것뿐이기에 나는 계속 그의 책을 읽고, 그의 시선이 향하는 어두운 세계의 이면을 들여다본다. 이 세계에서 일어나는 일을 치열하게 마주함으로써 독립된 사고를 하는 단독자로 서고 싶다는 열망으로.

이번 독일 여행에서 나를 뒤흔든 건 오토 딕스보다 케테 콜비츠의 그림들이었다. 1993년의 여행에서도 콜비츠 미술관을 둘러봤기에 별다른 감흥이 없을 줄 알았다. 착각이었다. 거친 단색의 선마다 날카로운 고통이 스며 있었다. 〈죽은 아이를 안은 어머니〉 같은 그림은 여전히 발을 돌리기 힘들었다. 아니, 스물세 살의 내가 느끼지 못했던 강렬한 슬픔이 나를 압도했다. 오토 딕스도, 케테 콜비츠도, 비수가 꽂힌 채 피 흐르는 제 심장을 내 눈앞에 던져놓은 이들이다. 전쟁의 잔혹함도, 자식을 잃은 어미의 심정도 나는 알지 못한다. 아이를 낳아본 적 없는 내가 콜비츠의 그림이 전하는 아픔에 공명할 수 있었던 건 세월호 때문인지도 모르겠다. 케테 콜비츠는 제1차 세계대전으로 아들을, 제2차 세계대전으로 손자를 잃었다. 그녀의 그림은 자식을 잃은 어머니의 고통 때문인지, 단순한 선과 색이 불러일으키는 집중감 때문인지 더 마음을 건드렸다. 오토 딕스의 그림보다 덜 참혹하지만 더 고통스러운 그림들이었다. 그 그림들을 세월호의 유가족들께 보여드리고 싶었다. 광주의 유가족들이 세월호의 유가족들을 위로했듯, 케테 콜비츠라면 그들을 어루만져줄 수 있을 것 같았다.

내가 겪어보지 못한 고통을 드러내는 어두운 그림들을 굳이 찾는 이유는 뭘까. 책을 읽는 이유, 여행을 하는 이유와 같지 않을까. 내가 알지 못하는 세계로 들어가 내가 아는 좁은 세계를 넓혀보려는 안간힘. 내 경험에만 매몰되지 않는 인간이고자 하는 갈망. 타인의 슬픔을 이해하고 싶은 마음. 언젠가 내 연인은 고통을 나누는 일에 대해 이런 말을 했다. 강력반 형사로부터 "칼은 나눠 먹으면 산다"는 이야기를 들었다면서. 참혹한 과거라는 비수를 개인, 혹은 그 일을 당한 소수의 집단만 맞게 되면 그 개인이나 집단은 미치거나 죽는 게 아니겠냐고. 그걸 우리 모두가 나눠서 맞는 거라고. 그 나눠서 맞는 칼이 인간이라는 종의 결속력을 높여서 가혹한 현실에 저항하는 집단적인 힘을 키워주는 게 아니겠느냐고. 인간은 결국 기록하고 응시하고 곱씹음으로써 앞으로 나아가는 존재라고. 고개를 끄덕이며 그 이야기를 듣던 밤, 내가 인간이라는 사실이 조금은 자랑스러웠다.

베를린과 드레스덴에서, 더 나아가 독일이라는 나라에서 나는 과거를 기억하고 고통을 나누려는 끈질긴 노력을 보았다. 서경식이 이야기했듯 "이런 미술작품을 일상적으로 제작하고 감상하고 끊임없이 악몽을 반추하면서, 그리고 그것과 싸우면서 이 지역의 사람들은 살아가고" 있었다. 드레스덴에서도 한 무리의 독일 청소년들이 교사의 설명을 들으며 오토 딕스의 그림을 보고 있었다. 베를린의 유대인 박물관에도 중

고생으로 보이는 학생들이 많았다. 그곳은 유대인들의 삶과 문화를 기리는 공간이었다. 결혼반지 한 쌍, 이름이 새겨진 손수건 한 장, 수용소에서 70세 생일을 축하하며 쓴 시를 적은 카드 같은 소품이 어느 날 갑자기 파괴된 수십만 명의 일상을 증언하고 있었다. 그것들은 '홀로코스트의 탑'이라고 이름 붙여진 어둡고 찬 공간이 일으키는 두려움보다 강력했다.

베를린의 밤거리를 걷던 그날 밤, 독일인 친구 닐스가 걸음을 멈추며 비에 젖은 포석을 가리켰다. 포석들 사이로 작은 동판이 박혀 있었다.

"스텀블링 스톤(비틀거리는 돌)이야. 나치에 의해서 강제로 추방당했던 유대인들을 기억하려는 동판이지. 이 집에 살았던 사람의 이름과 나이, 생몰연대를 기록해놓은 거야. 이런 돌이 이 주변에는 엄청나게 많아."

"수십만 명이 죽었는데 그 사람들을 다 기억해?"

"알다시피 우리 독일인은 능률적으로 일하잖아. 유대인 관리도 예외는 아니었던 거지. 그 덕에 기록이 제대로 남아 있었어."

독일 북부의 함부르크에서 시작된 시민운동은 베를린을 비롯한 독일 전역과 유럽 곳곳으로 번져갔다. 지금은 유럽 22개 나라에서 5만 6천 개의 스텀블링 스톤이 과거를 증언하고 있었다.

베를린을 떠나던 날 아침, 나는 쿠담 거리를 향해 걸어갔다. 우리 삶을 비틀거리게 만들었기에 잊어서는 안 되는 돌을 찾아서. 폭격에 부서진 카이저 빌헬름 교회를 바라보며 걷는 길이었다. 한 시간 남짓 걷는 동안 열 개가 넘는 동판이 눈에 들어왔다. 나란히 붙은 두 개의 돌 옆으로 분홍색 꽃잎 두 장이 비에 젖은 채 떨어져 있었다. 나는 몸을 굽혀 동판에 적힌 이름을 들여다봤다. 마가릿과 프레다. 그 이름들을 작은 소리로 불러봤다.

나치에 의해 박해받으면서도 자신의 눈이 본 세계를 치열하게 그려냈던 오토 딕스. 나는 그의 말을 떠올리며 몸을 일으켰다. "Trust your eyes(너의 눈을 믿어라)." 내 눈에 담긴 세상은 거대한 대양인 동시에 좁은 우물이기도 했고, 지리멸렬하면서도 경이로웠고, 슬픔인 동시에 기쁨이었다. 내 눈에 의지해 세상을 들여다볼수록 내 안의 연민이 점점 커졌다. 비슷한 외로움과 아픔을 공유하는 인간이라는 종에 대한 연대감이었다. 엉망진창인 세상을 여행하면 여행할수록 나는 인간이라는 존재의 가능성을 믿게 되었다. 뼛속 깊이 비관주의자로 태어난 나에게 여행이 준 선물이었다.

○ 고뇌의 원근법

전쟁과 폭력의 시대를 응시한 화가들을 찾아간 서경식의 서양근대미술 기행. 추한 것을 끝까지 응시하고 담아내려는 인간적인 고투, 그 자체를 아름다움으로 승화시킨 근대 미술가들을 통해 폭력의 시대와 정면으로 맞선 예술이 우리에게 있는지 묻고 있다. 2009년 돌베개에서 펴냈고, 박소현이 옮겼다.

도착했으나
도착하지 못한 곳

나를 가장 충만하게 만들었던 여행지는 텅 빈 공간이었다. 인구 밀도 높기로 손꼽히는 나라 출신이라서인지 여백이 넘치는 땅이라면 어디든 숨통이 트였다. 그중에서도 남미 대륙 끝의 파타고니아. '아르헨티나와 칠레의 남위 40도 이남 지역' 정도로만 정의되는 파타고니아는 한반도의 다섯 배 면적에 인구는 고작 2백만, 양들의 수는 6백만이다. 파타고니아는 인간의 탐욕스러운 발길이 아직 짓밟지 못한 땅이었다.

다다르기도 전에 이미 그 땅에 사로잡혔던 나는 파타고니아를 제대로 경험하고 싶었다. 읽거나 보거나 찍는 것이 아니라 육체와 영혼을 대지에 깊이 담그고 싶었다. 그 땅의 바람을, 공기를, 하늘을 내 몸에 문신처럼 새기고 싶었다. 그 터무니없는 욕심 때문에 생존에 필요한 모든 짐을 메고 걸었다. 한 번 짐을 꾸리면 짧게는 2박 3일, 길게는 열흘씩. 텐트와 식량과 슬리핑백을 메고 국립공원을 옮겨 다니며 캠핑을 했다. 한 달이 지날 때마다 허리의 벨트 구멍이 하나씩 당겨졌다. 식량을 이고 지고 걸어본 적도, 그토록 포악한 날씨도 처음이었다. 거의 매일 비가 쏟아졌고, 폭풍 같은 바람이 불어 닥쳤다. 과연 셰익스피어의 《템페스트(폭풍)》가 나올 만한 땅이었다. 낭만적인 대상이 아닌 공포의 대상으로서의 자연과 나는 처음 마주쳤다.누가 남미를 뜨거운 대륙이라 칭했던가. 나는 내내 추위에 떨었다. 그토록 간절히 '핫팩'을 원했던 적은 처음이었다. 그렇게나 사람이 없는 국립공원도 처음이었다. 묵언수행이 절로 되는 곳이었다. 당연하게도 그곳은 '언플러그드 월드'였다. 디지털 유목민에게 와이파이가 터지지 않는다면 그곳이 바로 세상의 끝. 지구의 어떤 공간에서 그토록 격렬한 고립감을 느끼기는 처음이었다.

그곳에서 나는 육체의 한계에 갇힌 무력한 존재였다. 고도가 1백 미터 높아질수록 배낭의 무게도 1킬로그램씩 늘어나는 것 같았다. 강풍 속에서 무게 1킬로그램의 텐트를 치기 위해 온몸의 힘을 소진해야 했다. 수도꼭지만 틀면 뜨거운 물이 콸콸 쏟아지던 도시의 일상은 전생의 것인 듯 아스라했다. 뜨거운 물 한 컵을 끓이기 위해 비바람을 맞으며 가스버너를 켜야 했으니. 그치지 않는 비에 허리가 끊어질 지경이 될 때까지 텐트 안에 누워 있기도 했다. 돌아가기에는 너무 멀리 와 버렸으니 버틸 수밖에. 간소한 음식으로 끼니를 때우고, 매번 텐트를 치고, 다음 야영장까지 걸어야만 하는 단순하고 반복적인 날들이 석 달간 이어졌다. 편하게 얻을 수 있는 것은 하나도 없고, 몸을 움직여야만 무엇이든 가능한 그 상황이 이상하게도 나를 살아 있는 것처럼 느끼게 만들었다. 무엇보다 대지와 나 사이에 얇은 천 한 장만을 두고 잠자리에 드는 밤이 좋았다. 그 순간만큼은 내가 문명으로부터 까마득히 멀리 떨어져 있다고, 내 유전자에 각인된 원시성이 깨어나고 있다고 믿었다. 그곳에서는 나라는 인간의 존재감이 살아났다. 육체는 생생하게 나를 괴롭혔고, 정신은 끝없이 나를 뒤흔들었다. 나는 매 순간 무너지고, 매 순간 일어서는 일을 반복했다. 몸으로도, 영혼으로도. 길을 잃을 때마다 겁에 질렸지만 한 고비를 넘기고 나면 단단해졌다. 그 땅에서 나는 겸손하면서도 당당했고, 약하면서도 강인했다.

파타고니아의 자연은 아름답고, 친근하고, 평화로운 자연이 아니었다. 변덕스럽고, 잔혹하고, 거친 자연이었다. 그 땅의 가혹한 날씨와 어디에서도 터지지 않는 인터넷은 막막한 심정을 불러일으켰다. 어쩌면 여기서 빠져나가지 못할지도 모른다는 불안한 마음이 불쑥불쑥 생겨나기도 했다. 내가 살던 곳에서 정반대 편에 속한 땅이어서일까. 그 고립감과 황량함은 어쩌면 파타고니아라는 땅의 크기에서 기인한 것인지도 모른다. 대지는 너무 거대해서 지평선이 아득히 멀었고, 빙하는 걸어도 걸어도 끝나지 않았다. 마을의 불빛 같은 건 어디에서도 보이지 않았다. 그 땅에서는 늘 사람이 귀했다. 벌판이든 빙하든 계곡이든 그곳의 모든 것은 주변을 조용히 장악하고 있었다. 사막을 가로지르면 빙하가 나왔고, 그다음에는 피오르가 이어지고, 가없는 초원 너머는 설산이 가로막고 있었다. 서쪽으로는 태평양, 동쪽으로는 대서양이었다. 내가 선 곳이 파타고니아에서도 가장 인간의 영역과 가까운 곳이라는 사실을 생각하면 현기증이 일기도 했다. 파타고니아는 내가 문명의 혜택으로부터 가장 멀리 격리되었던 시간이었다. 그 속수무책의 고립감이 역설적으로 기이한 충만함을 불러일으켰다.

텐트를 흔드는 비바람 소리에 잠을 이루지 못하는 밤마다, 나는 부적처럼 한 권의 책을 꺼내들었다. 나를 그 땅으로 이끈 칠레 작가 루이스 세풀베다의 《파타고니아 특급 열차》였다. 사실과 허구가 뒤섞인 이 책은 소설이자 기행문이다. 칠레와 아르헨티나 모두 독재가 이어지던 그 시절, 파타고니아는 믿을 수 없는 일들이 일어나는 땅이었다. 아르헨티나의 리오 마요라는 도시에서 일어난 일을 보자. 군부대의 대령이 거리의 집회를 막겠다고 골목마다 확성기를 매달았다. 매일 오전 7시부터 오후 7시까지 도시의 모든 골목에서 군가가 울려 퍼졌다. 결국 주민 상당수가 청각 장애를 겪고, 파타고니아의 새들은 그 도시의 상공을 피해 다녔단다.

이 단편집에서 내가 제일 좋아한 이야기는 해마다 어느 목장에서 주최한다는 '파타고니아 거짓말 경연 대회'다. '멍 때리기 대회'만큼이나 매력적인 대회 아닌가. 거친 땅에서 살아가는 이들이 서로를 위로하기 위해 거짓말을 해대는 장면은 어쩐지 애잔하다. 누구도 해치거나 속이지 않는, 단지 웃음을 위해 존재하는 순수한 거짓말이다. 어떤 상황에서도 웃음을 포기해서는 안 된다고 마치 다짐이라도 하는 것 같다. 덩치 큰 남자들이 모여서 눈을 빛내면서 입에 침도 안 바르고 거짓말을 술술 늘어놓는 장면을 상상하면 내 마음도 헤실헤실 풀어진다. 그러던 어느 겨울밤, 나도 경연대회가 열리는 목장을 찾아가고 만다. 장작이 활활 타오르는 거실의 문을 노크도 없이 열어젖히면서 외치는 거다.

"이 대회에 참가하려고 서울에서부터 걸어왔어요. 여기까지 오는 데 꼬박 3년하고도 7개월이 걸렸네요."

이런 거짓말로 일단 분위기를 잡는다. 껄껄 웃던 남자들은 내게 의자를 내밀며 말할 테지.

"그게 전부는 아닐 테고, 자, 당신 거짓말을 풀어놓아 보시오."

그럼 난 테이블 위의 위스키 한 잔을 호기롭게 털어 넣고 길 위에서 만난 남자들의 이야기를 시작하는 거다. 믿을 수 없이 찌질하거나, 비길 데 없는 사기꾼이거나, 수컷의 본능에만 충실한 사내들의 이야기를 술술 풀어놓는 거다. 밤이 깊어 달이 지고, 마침내 아침 해가 떠오를 때까지. 이런 상상을 하다 보면 정신 차리라고 후려갈기듯 빗줄기가 텐트에 퍼붓고 있었다. 세풀베다의 글에는 거친 땅에서 살아가는 약하고 강인한 이들에 대한 깊은 애정과 이해가 담겨 있다. 아무리 냉혹한 현실에서도 살아야 할 이유를 찾아내야만 한다고 어깨를 두드리는 것 같다.

세풀베다가 만난 사람들과 다른 듯 닮은 이들을 나도 만났다. 칠레 정부의 파타고니아 개발 계획에 반대해 격렬히 시위하는 대학생들을 만났고, 라이브 공연 후에 파타고니아를 지키기 위해 거리로 나가자고 외치는 락밴드를 만났다. 폭풍우 치는 밤 빗물이 고여 가는 텐트를 망연자실 바라만 보던 나를 구출해낸 후 자신의 집에서 일주일이나 먹여주고 재워준 칠레인을 만났고, 야영장의 옆 텐트라는 인연만으로 나를 초대해 부에노스아이레스의 곳곳을 데리고 다니며 그 도시의 역사를 이야기해준 아르헨티나인을 만났다. 그들은 파타고니아에서 벌어졌던 잔혹한 원주민 학살을 부끄럽게 고백했고, 파타고니아가 야생 그대로 지켜지기를 원했다. 인간의 계획 따위는 아무 소용 없는 지금의 모습대로 파타고니아가 남게 된다면 그들의 덕분일 것이다.

이쯤에서 궁금해질지도 모르겠다. 이 책의 제목이 된 '파타고니아 특급 열차'가 아직 남아 있는지가. 광부와 목동을 싣고 달리던 지구 최남단 상업철도는 운행을 중단한 지 오래다. 세계에서 가장 좁은 협궤 열차인 '올드 파타고니안 익스프레스'는 다른 방식으로 되살아났다. 노동자 대신 관광객을 싣고 열차는 옛 모습 그대로 달리고 있다. 고백하자면, 촌스러운 모방자인 내가 파타고니아에서 제일 먼저 한 일은 '파타고니아 특급열차'를 탄 일이었다.

○ 파타고니아 특급 열차

정치적 박해로 감옥에 투옥됐던 저자의 개인적 체험이 담긴 작품. 군사 쿠데타로 점철된 남미의 불운한 현대사를 배경으로 다양한 사람들의 이야기가 펼쳐진다. 《연애 소설 읽는 노인》이라는 첫 번째 소설로 단번에 세계적인 베스트셀러 작가가 된 루이스 세풀베다의 또 다른 대표작. 정창이 옮겼고 열린책들이 펴냈다.

러시아
모스크바

모스크바의 신사

완벽한 몰입이었다. 111년 만의 폭염도 문제가 되지 않을 만큼. 실내 온도가 30도를 넘은 집 안에서 선풍기 바람에 의지해 밤을 샜다. 7백 쪽이 넘는 책의 석 장을 넘기기도 전에 책 속의 시공간으로 빨려 들어갔다. 모스크바의 눈보라 치는 겨울밤과 라일락이 흐드러지게 피어난 초여름 아침과 메트로폴 호텔의 화려한 로비를 오가는 동안 날이 밝아왔다.

소설의 배경은 1922년의 모스크바. 붉은 혁명이 일어난 지 5년. 서른세 살의 로스토프 백작은 구시대를 상징하는 인물이 되어 호텔 메트로폴을 떠날 수 없다는 종신 연금형을 당한다. 머물던 스위트룸에서도 쫓겨나 2.8평짜리 다락방이 그의 세상의 전부가 된다. 남은 것은 물려받은 책상과 도자기 접시 세트, 《안나 카레니나》를 비롯한 몇 권의 책. 그런 몰락을 아무렇지 않게 받아들일 수 있는 사람은 없다. 다락방에 갇혀 고독과 싸우던 백작은 자신이 쓸모없는 인물이 되어버렸다 여기며 삶을 끝내기로 한다. 고향의 사과꽃 향기를 품은 꿀벌 한 마리가 그의 자살을 실패로 만든다. 그 후 백작은 과거의 특권도, 자유로운 삶도 박탈당했지만 우물 안 개구리나 구시대의 상징으로 남기를 거부한다. "인간은 자신의 환경을 지배하지 않으면 그 환경에 지배당할 수밖에 없다"는 신념으로 아홉 살 소녀 니나와 우정을 나누고, 여배우와의 밀애에 뛰어들고, 흰 자켓을 팔에 두른 웨이터로 변신한다(직업을 갖는 것은 신사의 일이 아니라고 당당히 선언했던 백작님이었다). "요리사의 창의력을 진정으로 시험하려면 오히려 궁핍한 시기에 살펴보아야" 하듯 고난을 견디는 방식이야말로 한 사람의 진면목을 보여준다. 어떤 상황에서도 우아함과 재치, 품격과 유머를 잃지 않는 신사는 좁은 공간을 우주만큼이나 거대한 세계로 만들어낸다. 역사의 소용돌이에 휘말린 백작의 생존기는 32년에 걸쳐 이어지며 폭압과 격동의 시간을 능동적으로 통과해가는 삶을 보여준다.

시대의 잔혹함이 개인의 삶을 할퀴며 달려들 때 우리에게는 어떤 선택이 가능할까. 낯선 공간에 대한 끝없는 갈망으로 세상을 부유하며 살아온 나에게 공간을 제약당하는 삶이란 상상만으로도 버겁다. 중력이 다른 행성에 와 있는 것처럼 바깥의 시간과 갇힌 공간의 시간이 완전히 다른 속도로 흘러갈 것만 같다. 시간이 나에게만 한없이 늘어져 시침과 초침이 뒤바뀐 듯 그렇게 느리게 움직인다면 나는 그 삶을 견뎌낼 수 있을까? 로스토프 백작은 근래에 읽은 소설의 남자 주인공 중 가장 멋진 캐릭터였지만, 백작의 자리에 내가 서 있었다면? 마지막 장을 덮은 후에도 나는 쉽게 답할 수 없는 질문들로 소설 안에 갇혀 있었다.

소설의 중요한 공간인 메트로폴 호텔은 내게도 익숙한 이름이었다. 두 번째 모스크바 여행에서 숙소를 오갈 때마다 지나치던 호텔이었으니. 소설 덕분에 새삼 호텔이 궁금해져 홈페이지에 들어가 봤다. 사회주의가 무너진 지 30년. 그 사이 러시아의 자본주의는 엄청난 발전을 이룬 상태였다. '모스크바의 신사 패키지'라니! 메트로폴 호텔에 투숙하며 백작이 웨이터로 일했던 샬라핀 바에서 백작이 즐겼던 메뉴로 식사를 하는 패키지였다. 소설의 영감을 받아 만들었다는 칵테일까지 몇 종류를 내놓고 있었다. 이곳에서의 하룻밤은 어떨까 궁금하기도 했지만 이런 사치는 내 것이 아니라 가볍게 포기했다. 그날 페이스북에 올린 호텔에 관한 내 글을 본 지인이 그곳에 머물 예정이라는 댓글을 단 순간, 세 번째 모스크바행이 결정되었다. 메트로폴 호텔에서의 3박을 위해 항공권을 끊다니 인생은 알 수 없는 일이었다.

볼쇼이 극장 맞은편에 자리한 110년 역사의 호텔은 화려하고 고풍스러웠다. 백작이 딸과 게임을 하던 메트로폴 홀은 스테인드글라스 돔에 대리석 분수로 장식되었고, 아침 식사 시간에는 드레스를 입은 여성이 하프를 연주했다. 나는 숙박을 제공한 친구를 위해 샬라핀 바에서의 애프터눈티를 예약했다. 250년 역사의 러시아 황실 도자기에 애프터눈티가 차려져 나왔다. 은으로 된 찻주전자가 조명에 반짝거렸다. 3단 트레이에 올려진 티푸드에는 캐비어도 있었지만 촌스러운 내 입맛에는 짜기만 했다. 메트로폴 홀에서의 식사나 샬라핀 바에서의 애프터눈티보다 우리를 설레게 한 건 둘이서 한 호텔 투어였다. 그녀도 《모스크바의 신사》를 읽고 온 터였다. 우리는 한밤에 호텔의 전 층을 오르락내리락하며 소설 속의 공간을 찾아다녔다. 복도를 장식한 이 호텔을 찾은 유명 인사들의 사진을 하나하나 들여다보며 역사의 현장이었을 당시의 분위기를 상상해보고, 볼쇼이 극장이 정면으로 보이는 스위트룸을 가늠해보거나, 백작의 다락방을 찾아 꼭대기층을 헤매고 다니기도 했다. 다락방 같은 곳은 끝내 발견하지 못했지만 이곳에서 30년을 갇혀 지내는 삶을 상상하며 호텔을 돌아다니던 그 밤의 은밀한 투어는 재미있는 추억으로 남았다.

러일 전쟁이 끝난 후 20년도 되지 않는 시간 동안 러시아는 제1차 세계대전과 내전, 두 번의 기근, 붉은 혁명을 겪었다. 그들은 격동의 시간을 극단의 공간 속에서 견뎌내야 했다. 겨울이면 해가 뜨지 않고, 여름이면 해가 지지 않는 땅. 러시아에는 그 어떤 나라보다 사치스러운 황실이 있었고, 가장 가난한 농노들이 존재했다. 그들은 끝나지 않는 토론과 논쟁을 통해 승자를 정하기보다 결투의 총 한 방으로 승부하는 쪽을 선호했고, '국외가 아니라 자국 땅으로 추방하는 개념을 터득한 최초의 민족'이었다. 마침내 혁명이라는 극단적 수단을 통해 구시대의 모든 것을 파괴하고 새로운 역사를 썼다. 새 시대는 소설 속 로스토프 백작의 절친 미시카의 기대처럼 압제의 종말과 인류애의 출현을 목격하는 시대가 아니라 또 다른 전제정치의 시작이었다. '남자든 여자든, 젊은이든 늙은이든, 친구든 적이든 상관없이 같은 나라 사람 누구에게나' 동무 한 단어로 부를 수 있는 나라를 만들었지만 마침내는 그들이 건설한 모든 것이 다시 무너져 내렸다. 사상을 위해 자유 없이 살았던 사람들에게 자유가 주어졌지만, 그들은 곧 돈에 기반해서만 허락되는 자유임을 깨달아야 했다. 러시아가 나를 미혹했던 건 그 모든 혼돈과 격정의 시간이 켜켜이 쌓인 공간이었기 때문이다.

세 번째 방문이었지만 모스크바는 여전히 낯선 공간이었다. 권위적인 스탈린 시대의 건물들이 많아 페테르부르크보다 딱딱한 느낌을 주는 도시였다. 모스크바는 어느새 그 도시에 살지 않는 러시아인들이 가장 싫어하는 도시가 되어 있었다. 자본주의의 상징으로서의 차가운 도시. 내가 만난 러시아인 중에는 모스크바는 러시아가 아니라고 말한 이도 있었다. 소련이 무너졌을 때 생필품을 구하기 위해 수백 미터의 긴 줄이 늘어서곤 했다는 굼 백화점은 이제 서울의 백화점보다 더 화려하고 사치스러운 공간이 되어 있었다.

과거의 혼돈은 적어도 모스크바의 도심에서는 찾아보기 어려웠다. 이 도시의 사람들은 정도의 차이가 있을지언정 누구나 역사의 흐름에 휘말려 극단의 시간을 통과해왔다. 나는 그 흔적을 찾고 싶었지만, 지나가는 내 눈에는 쉽게 드러나지 않았다. 모스크바에서의 마지막 날, 나는 볼쇼이 극장 앞 벤치에 앉아 메트로폴 호텔을 바라보았다. 강력한 시대의 폭풍이 자신의 삶을 강타할 때, 끝내 품위를 지켜냈을 소수의 사람들을 상상해보면서. 사랑하는 이를 수용소로 떠나보낸 고통의 시기에도 화초에 물을 주고, 창을 깨끗이 닦으며 살았을 여인. 성난 군중이 모든 것을 파괴하는 시기에도 담벼락의 낙서를 지우고, 집 앞 골목을 쓸며 하루를 시작했을 남자. 생의 마지막 날이 가까워도 단정히 옷을 차려입고 외출을 하고, 가장 궁핍한 시기에도 이웃에게 다정한 인사를 건넸을 노인을 떠올려봤다.

결국 품위 있는 삶은 공간을 대하는 태도가 아닐까. 자신이 거주하는 공간과 그 공간을 채우고 있는 것들에 대한 다정하고 성실한 태도. 아무것도 보상받지 못한다 해도, 누구도 알아주지 않는다 해도, 모든 것이 사라져버린다 해도 자신의 세계를 아끼며 가꾸는 마음을 유지할 수 있다면? 삶의 품격이란 결국 그런 마음에서 비롯되는 게 아닐까? 공간에 대한 밀도가 높아질수록 시간의 밀도 또한 단단해질 것 같다. 무겁고 느리게 흘러가는 것 같은 고통의 시간조차 달라질 수 있을 것이다. 공간을 변화시킴으로써 시간의 성질까지 바꿔낼 수 있다는 것을 백작의 삶이 증명했다. 수많은 모스크바의 시민들도 그렇게 살아냈고, 여전히 그렇게 살아가고 있을 것이다.

○ 모스크바의 신사

미국 작가 에이모 토울스의 소설. 20세기 초 볼셰비키 혁명 이후 소비에트 러시아를 배경으로, 서른세 살의 알렉산드르 로스토프 백작을 주인공 삼아 이야기를 끌고 간다. 메트로폴 호텔을 벗어날 경우 총살을 당하는 '종신 연금형'을 선고받은 백작의 매력은 읽는 이의 마음을 사로잡는다. 원작은 2016년 출간됐으며, 서창렬이 옮기고 현대문학이 소개했다.

매혹의 배후를 찾아서

아이슬란드

스노우 블라인드

누군가 드나든 흔적이 전혀 없는 밀실에서 일어난 범죄처럼 도대체 알 수 없는 일이었다. 아이슬란드를 대상으로 향수병에 걸리다니. 스스로를 숲의 사람이라고 믿었던 만큼 나무 한 그루 자라지 않는 불과 얼음의 땅을 가슴에 품게 될 줄이야. 황량한 풍경이라면 이미 볼 만큼 본 터였다. 파타고니아에서도, 티베트에서도, 사하라나 고비 사막에서도 인간의 손이 닿지 못한 텅 빈 공간을 만났었다. 그런데도 아이슬란드에 다녀온 후 꽤나 오랫동안 앓았다. '아이슬란드 향수병'의 증상은 아이슬란드 음악을 들으며 아이슬란드에 관한 책을 읽거나 아이슬란드가 배경인 영화를 찾아보는 식이었다. 곁들여 아이슬란드 이끼차(야생 이끼를 말린 차인데 그곳의 공기를 담은 캔, 화산재를 넣은 병과 함께 아이슬란드에서 파는 기념품이었다)를 마시며 열렬히 그 땅을 그리워했다. 고작 3주를 여행해놓고 두고 온 고향이라도 되는 듯이.

나는 아이슬란드의 비현실적인 풍경에 사로잡혔다. 태초의 지구 혹은 최후의 지구를 연상시키는, 원형질의 풍경이었다. 지구를 이루는 다른 요소들이 모두 사라지고 물과 불과 흙과 바람 같은 원소만 남은 것 같았다. 무엇으로도 훼손시킬 수 없을 것 같은 대지가 그곳에 있었다. 일조량 부족으로 나무도 자라지 못하는 빈 땅은 인공의 건축물에 가로막히지 않아 사방을 향해 열려 있었다. 어디에서나 지평선이 보였고 그 너머로는 바다나 화산, 혹은 빙하가 이어졌다. 황량하면서도 처연한 아름다움이었다. 그 텅 빈 풍경을 채우는 건 바람이었다. 바람은 모든 소리를 덮어버리며 불어왔다. 그 나라 사람들이 만든 음악을 들으면 어디에서나 광활한 벌판을 휘감아 도는 바람 소리가, 세상을 뒤덮으며 몰려오는 눈폭풍의 흔적이 느껴졌다. 시규어 로스나 올라퍼 아르날즈의 음악을 들으며 아이슬란드의 산악 도로를 달리면 세계의 끝을 향해 가는 것 같았다. 바라보는 사람의 마음 가장 깊은 곳까지 파고들어 쓸쓸하고 무기력하게 만드는 풍경이었다. 세상의 모든 일이 까마득하게 지워지고, 오직 눈앞의 풍경과 그 풍경을 응시하는 나만 오롯이 남겨지곤 했다.

그토록 불안하고 우울한 풍경에 왜 끌리는 건지 알다가도 모를 일이었다. 다른 나라에서 본 황량함에는 인간의 삶이 끼어들 여지가 있어 보였다. 아이슬란드의 풍경 속에도 물론 인간의 흔적이 있었지만, 그것은 어쩐지 무기력해서 어떤 해도 끼칠 수 없을 것 같았다. 아이슬란드의 자연 안에서 인간은 무해하고, 무용한 존재인 것만 같았다. 자연 그 자체의 존재감이 절대적이어서 그 풍경의 한 귀퉁이에 자리한 인간의 삶은 어딘지 더 불안하고 쓸쓸해 보였다.

아이슬란드의 수도 레이캬비크는 지구에서 가장 북쪽에 자리한 수도였다. 북위 64도에 북극점까지의 거리는 고작 2,876킬로미터. 대한민국 크기와 비슷한 아이슬란드의 인구는 겨우 34만 명 남짓인데 그 절반이 레이캬비크 부근에 몰려 살았다. 나머지는 '도대체 이런 곳에 집이 왜 있을까' 싶은 곳에 흩어져 있었다. 아이슬란드 국토의 대부분은 빙하와 화산과 황무지와 산악지대. 그 쓸모없음으로 인해 '관광'이라는 새로운 쓸모를 지니게 된 땅이었다. 아이슬란드에서도 북쪽으로 올라갈수록 인구는 희박해지고, 자연은 척박해졌다. 그곳에 사는 사람들이 끌어안아야 하는 고독의 무게는 내 외로움 따위와는 전혀 다를 것 같았다. 기나긴 겨울이면 아예 해가 뜨지 않는 날들이 이어지고, 짧은 여름이면 백야가 이어지는 극단의 땅. 광합성이 삶의 필수조건인 나는 끝없이 눈이 내리거나 비바람이 몰아치는 겨울을 어떻게 견디는지 상상도 할 수 없었다. 마약·알콜 중독 치료를 위한 컨설팅업체인 리커버리브랜즈www.recoverybrands.com의 2015년 발표에 따르면 아이슬란드가 마약 오남용에 따른 사망률 1위를 기록했는데 나는 그 이유를 날씨 탓으로 돌리고 싶었다.

나는 아이슬란드의 그 막막하도록 거친 자연이 풍기는 분위기에 사로잡혔지만 그곳에서 평생을 살아야 했다면 전 재산을 털어서라도 탈출했을지 모른다. 태양이 뜨지 않는 겨울도, 서로를 속속들이 알아 익명성이 보장되지 않는 마을의 규모도, 날씨가 급변하면 갇히고 마는 지리적 폐쇄성도 견디기 힘들었을 테니. 완벽하게 구축된 듯 보이던 일상의 질서가 순식간에 무너질 수 있는 환경에서 살아간다면 인간의 의지 같은 것은 어떤 의미를 지닐까. 하얗게 뒤덮인 순백의 대지가 인간의 공포를 불러일으킬 수도 있지 않을까. 그런 곳에서 범죄라도 발생한다면? 모두가 서로를 의심해야 하는 그 상황을 참아낼 수 있을까. 게다가 악천후로 마을이 고립되어 범인도 마을 사람들도 꼼짝할 수 없이 갇히게 된다면? 여행 내내 내 머릿속을 어지럽히던 질문이었다.

나와 같은 의문을 품고 눈길을 걸어간 이가 있었다. 아이슬란드 작가 라그나르 요나손의 추리소설 《스노우 블라인드》의 주인공인 젊은 경찰 아리 토르. 아이슬란드 최북단의 작은 마을 시글루 피요두르에서 반라의 여체가 발견된 후 아리 토르는 사건 속으로 뛰어든다. 때마침 계속되는 눈폭풍은 마을을 외부와 단절시켜 범인도, 마을 주민도 고립된 상태다. 수도에 거주하던 아리 토르가 시글루 피요두르로 이주하던 날, 마을과 외부를 잇는 유일한 터널로 들어서며 공포를 느끼는 장면은 내가 아이슬란드에서 겪은 교통사고와 겹쳐졌다. 우리는 사륜구동 차를 몰아 아이슬란드 최북단의 외딴 마을로 가고 있었다. 겨울이면 도로가 끊겨 마을이 텅 비는 곳이었다. 반년 가까이 이어지는 고립을 견딜 수 있는 강인한 주민 수십 명만이 겨울을 난다고 했다. 사고가 발생한 건 마을을 두 시간 남짓 남겨놓은 지점이었다. 좁고 가파른 절벽길을 달리던 차가 빗물에 미끄러지면서 절벽을 들이받고 한 바퀴 돌아 바다로 추락했다. 차는 바다의 끝에 아슬아슬하게 걸린 채 멈췄다. 생과 사를 오가던 바늘이 생으로 기우는 순간이었다. 험악한 자연과 그 지형에 익숙지 않은 운전이 충돌하며 일어난 사고는 아이슬란드 여행에서 가장 강렬한 사건이었다. 우리는 죽다 살아났다. 그러니 내게는 아이슬란드를 그리워할 이유 따위는 없는 게 당연했다.

장르소설 마니아인 친구에 따르면 북유럽의 추리소설은 사회구조의 모순보다 인간 본연의 모순이나 불완전함에 더 초점을 맞춘다고 했다. '아이슬란드 느와르'의 거장으로 꼽히는 아날두르 인드리다손의 연작 소설 주인공 에를렌두르 형사도, 라그나르 요나손이 창조한 아리 토르도 저마다의 모순을 지닌 사람들이다. 두 작가의 또 다른 공통점은 아이슬란드가 지닌 공간적 특수성과 제약을 소설의 강력한 배경으로 등장시킨다는 점이다.

아이슬란드는 세계에서 가장 평화롭고 범죄율이 낮은 나라로 꼽혀왔다. 2016년 OECD Better Life Index에 따르면 아이슬란드 국민들은 위기 시에 의지할 만한 사람이 있다고 답한 비율이 96퍼센트에 달해 38개 회원국 중 공동체 의존 비율이 두 번째로 높았고, 살인률은 세 번째로 낮았다. 지구에서 인구 밀도가 가장 낮은 땅이니 인간 자체가 희귀한 존재이기도 하다. 그래서인지 이 나라의 추리소설은 극단적인 자연환경이 부여하는 공간적 분위기가 소설의 중요한 배경이 된다. 《스노우 블라인드》에서는 폭설과 어둠이 거의 주연급으로 등장한다. 순식간에 인간의 삶을 장악해 무기력하게 만들고 마는 자연의 힘이 몰아칠 때면 서로가 서로에게 의지하지 않고는 견딜 수 없을 것이다.

당신이나 나나 모두 결함투성이의 불완전한 존재임을 인정하고 서로 도우며 살아가는 것. 그런 유연함이 세계에서 최초로 여성 대통령을 탄생시키고, 여성 가톨릭 사제를 허용하고, 2010년에 이미 동성간 결혼을 합법화하는 배경이 되어주지 않았을까. '아이슬란드에서는 누구나 예술가'라는 말처럼 인구 천 명당 작가 수가 가장 많은 나라로 꼽히는 이유도 바로 이 나라에서는 한 사람이 여러 가지 역할을 해야만 하는 물리적 환경과도 관련이 있을 것이다. 아이슬란드의 가혹한 자연은 인간이 다른 인간에게 손을 내밀어야만 하는 상황을 자주 만들어낸다. 대자연이 강력한 주연을 맡은 땅이기에 조연에 불과한 나약한 인간은 서로의 체온에 기댈 수밖에 없지 않을까.

나는 교통사고 덕분에 그런 현실을 몸소 겪은 셈이었다. 바닷가에 아슬아슬하게 걸쳐진 차 안에서 정신을 차린 순간, 휴대전화를 꺼내 긴급구조 번호를 눌렀다. 경찰의 대응은 신속했다. 먼저 가장 가까운 곳에 거주하는 주민이 차를 몰고 나타났다. 경찰이 우리에게 달려가 응급조치가 필요한지 살펴보라고 요청했단다. 담요와 뜨거운 물을 싣고 달려온 그들은 경찰차와 구급차가 올 때까지 우리를 돌봤다. 정신을 차리고 주변을 둘러보니 엉망이었다. 차는 완파되었고, 여기저기 차의 잔해가 흩어져 있었다. 바다에는 우리 트렁크가 둥둥 떠다니고 있었다. 구입한 지 3주 된 내 새 노트북도 바닷물 속으로 장렬히 투신한 상태였다. 오리털 침낭 몇 개가 터지는 바람에 사방이 털 천지였다. 물개 한 마리가 차 가까이 다가와 그 기막힌 풍경을 구경하고 있었다.

그 전날 머물렀던 마을 홀마빅은 사고지점에서 가장 가까운 마을이었다. 구급차를 타고 마을로 돌아가니 이미 소문이 안개처럼 퍼진 후였다. "좁은 세상에서는 비밀들이 경악스러운 속도로 퍼져 나간다"던 아리 토르의 말이 맞았다. 그들은 비밀을 알아채 미안한 듯한 수줍은 태도와 적절한 배려로 우리를 맞았다. 동네의 수영장에 딸린 세탁실을 밤새 쓰도록 허락해주고, 호텔의 체크아웃 시간을 무료로 연장해주고, 관광안내소와 마법 박물관과 카페를 겸하는 곳에서는 우리가 좋아한 '라팔파라카카 케이크'를 서비스로 내줬다. 우리는 그들의 평화롭지만 단조로운 일상을 뒤흔들며 등장한 낯설고 흥미로운 이방인들이었다. 주민들은 안 보는 척 세심히 우리를 관찰했고, 매번 지나치지 않은 배려를 베풀었다. 겉으로 보이는 표정은 차고 단단했지만 이야기를 나눠보면 따뜻하고 말랑말랑했다. 이렇게 거친 자연 속에 살아가는 이들은 언제든 그 자연의 피해자가 될 수 있음을 알고 있는 것일지도 모른다는 생각이 들었다. 그들은 가혹한 자연환경에서 살아가는 이들답게 어떤 원초적인 비애와 체념의 정서를 품고 있는 것도 같았다.

소리 없이 쏟아져 세상을 장악해버리는 아이슬란드의 눈폭풍에 갇힌 나는 아무것도 볼 수 없는 스노우 블라인드, 설맹

상태다. 아직 다 풀리지 않은 이 매혹의 유력한 용의자로는 통제되지 않는 자연을 지목했지만, 또 다른 용의자가 눈폭풍 속에 숨어 있는지도 모른다. 그 비밀을 풀고 진짜 배후를 밝히기 위해서는 설원의 풍경 한가운데로 다시 한 번 걸어 들어가는 수밖에 없을 것이다.

○ 스노우 블라인드

처음부터 끝까지 아이슬란드 최북단 해안가의 작은 어촌 도시, 그 설경 속에서 이야기가 펼쳐진다. 폭설로 외부와 단절된 조용한 마을 안에서 일어난 미스터리한 사건들을 풀어나가는 과정은 등장 인물 모두를 의심하게 만들 정도로 흥미롭다. 아이슬란드가 낳은 세계적인 천재 추리소설 작가로 불리는 라그나르 요나손의 대표작. 김선형이 옮겼으며 북플라자가 펴냈다.

끝까지
놓지 말아야 할 것들

에콰도르
갈라파고스

마지막 기회라니?

인간보다 더 오래 존재해왔으나 인간 때문에 사라져가는 존재가 나를 갈라파고스 군도로 이끌었다. 나는 지구에 한 마리 남았다는 핀타 섬 자이언트 거북이가 보고 싶었다. 이름부터가 '론섬 조지(외로운 조지)'인 거북이. 한 종의 마지막 존재로 남은 그의 고독을 헤아려보고 싶었다. 만약 이 거대한 우주에서 우리만이 유일한 '지적생명체'라면 인간이라는 종 또한 외로운 존재가 아닐까. 갈라파고스는 찰스 다윈이 《종의 기원》의 아이디어를 얻은 곳답게 영감의 대가를 선불로 계산하는지 경비가 몹시 비쌌다. 눈물이 찔끔 날 정도의 비용을 지불하고 배에 올랐다.

조지는 다윈 센터에서 보호를 명목으로 우리에 갇힌 채 살아가고 있었다. 기름과 고기를 얻기 위해 19만 마리의 갈라파고스 거북이를 잡아 죽인 인간이 이제 마지막 한 마리를 살리려 애쓰고 있었다. 단단한 등을 웅크리고 가만히 앉아 있는 조지는 무기력해 보였다. 조지는 저런 삶을 원했을까? 조지의 삶의 방식을 결정할 수 있는 권한은 누구로부터 받은 것일까? 내가 만약 유일한 인간 종이라는 이유로 다른 종에 의해 보호되고 번식을 강요당하는 처지였다면? 나는 혼란스러웠지만 조지는 말이 없었다. 내 복잡한 마음에도 불구하고 갈라파고스는 경이로운 세계였다.

갈라파고스에는 생태계를 보호하기 위한 가이드라인이 있었다. 배에서 숙식을 해결해야 하고, 인솔자의 동반 하에만 섬에 상륙할 수 있고, 조개껍질 하나도 가지고 나올 수 없고, 동물이 눈앞에 있어도 만지지 못했다. 그래서인지 그곳의 야생 동물은 인간에 대한 경계심이 없었다. 오히려 인간을 철저히 무시했다. 우리가 주연도 조연도 아닌, 지나가는 행인에 불과했던 덕분에 종종 아름다운 순간들이 찾아왔다. 해변의 해먹에 누워 책을 읽는 내 발밑에서 두 마리의 바다사자가 낮잠을 자던 오후가 있었고, 아기 바다사자가 엄마를 찾느라 내 몸에 코를 대고 냄새를 맡던 아침도 있었다. 앞발을 날개처럼 저으며 우아하게 헤엄치는 바다 거북이를 오랫동안 따라가던 평화로운 순간도 머물렀다.

야생의 동물을 대면해본 사람이라면 알 것이다. 동물원에 갇힌 동물과 야생의 그들이 얼마나 다른지를. 대초원에 서 있는 사자가 황홀할 정도로 당당하다면 동물원에 갇힌 사자는 무기력과 절망에 사로잡힌 눈을 하고 있었다. 나는 야생의 동물들을 만나고 난 후 동물원은 폐기되거나 그 목적이 변해야 하는 곳이라는 걸 인정하게 되었다. 인류는 이제 동물원에 가지 않아도 동물에 대해 배울 수 있는 다양한 경로를 가지고 있다. 컬러 사진이 입혀진 책이 있고, 고화질 다큐멘터리가 있고, 언제든 찾아볼 수 있는 동영상이 가득한 인터넷이 있다. 우리에게 필요한 건 손을 뻗으면 닿는 거리에서 보지 않고도, 멀리서 망원경만으로 관찰한다 해도 만족하는 태도가 아닐까. 더 나아가 눈에 보이지 않는다 해도 어딘가에 존재하고 있음을 상상하는 능력이 필요하다. 보이지 않는 존재를 상상하는 것만으로 마음이 따뜻해지는 사람들이 많아진다면 동물원은 사라질 테니. 간접 경험만으로도 충만해질 수 있는 소박한 문명인이 점점 많아진다면 지구의 미래는 조금 달라지지 않을까.

인류는 더 멀리 가고 싶다는 열망, 더 높은 곳에 오르고 싶다는 갈망, 더 깊은 바다에 닿고 싶다는 꿈, 이런 욕망으로 여기까지 왔다. 내 눈으로 직접 보고, 내 손으로 직접 만져보고, 내 발로 직접 서보고 싶다는 욕망에 나도 휘둘려왔다. 이제는 어디를 가도 그 욕망이 망가뜨린 세계를 바라봐야 한다. 끝없는 욕망을 통제하지 못한다면 우리는 지구에 홀로 남은 생명이 될지도 모른다. 그 황폐한 지구를 상상하면 숨이 막힌다. 우리는 늘 너무 늦은 일은 없다고 배워왔으니 지금이라도 욕망을 제어하는 법을 익히면 되지 않을까. 다행히 인류의 역사는 점점 참을성을 기르고 욕망을 통제하는 방향으로 진화해왔으니 간접 경험에 만족하는 법을 배울 수 있을 거라고 믿고 싶다.

여행으로 밥을 버는 내가 이런 말을 하려니 심장 한쪽이 따끔따끔하다. 여행 자체를 금지해야 하는 거 아니냐는 과격한 질문을 받는다면 나는 뭐라고 답할 수 있을까. 어떤 방식으로든 현지인들의 삶이 침해받는 여행에 반대한다고, 대왕고래를 더 자세히 보기 위해 배를 가까이 대는 여행에 반대한다고 단호히 말하겠지만 여행 자체를 포기할 수는 없을 텐데. 조금 더 조심스럽고, 조금 더 머뭇거리는 여행자가 되기 위해 노력하는 게 큰 의미가 있을까. 망가뜨리는 것의 속도를 조금 늦추는 정도가 우리가 할 수 있는 전부는 아닐까.

그런 고민은 《마지막 기회라니?》를 읽는 동안 완벽히 해결되었다, 라고 말할 수 있다면 좋겠지만 그 반대였다. 머릿속은 더 엉키고 말았다. 이 책은 코믹 SF 작가 더글러스 애덤스와 동물학자 마크 카워다인이 1년 간 멸종 위기의 동물을 찾아다닌 이야기다. 내가 가보기 힘든 곳, 간다 해도 보기 힘든 동물들이 이 책의 주인공이다. 나는 아마도 그들을 보지 못한 채 지구의 먼지가 될 것이다. 그런데도 그들의 이야기에 울고 웃으며 책장을 덮었다. 지구의 생명체 중 가장 지독한 구취를 가진 코모도왕도마뱀을 시작으로 그들은 사라져가는 존재들을 만나러 다녔다. 2백 마리 남짓 남았다는 양쯔강돌고래(양쯔강돌고래의 멸종 위기를 부른 것은 수력발전 댐이었다), 스물두 마리 남은 북부흰코뿔소와 모리셔스 섬의 로드리게스큰박쥐에 이르기까지. 그들 중 특별히 못생기고 제 본연의 기능마저 상실한 종이 나를 사로잡았다. 세상에서 가장 뚱뚱하고 무거운 새 카카포는 날기를 포기한 새였다. 저자의 표현처럼 "최초의 인간이 고개를 들어 하늘을 본 순간부터 거의 모든 인류가 열망해온 그것을 이 동물이 포기했다는 사실에는 뭔가 마음을 사로잡는 힘이 있다". 인간으로 치자면 어떤 부족이 직립을 포기하고 네 발로 기어다니며 살기로 결심했다는 뉴스를 들었을 때 느낄 법한 충격이었다.

카카포의 터전인 뉴질랜드에는 카카포의 천적이 없었고, 어디에나 과일이 넘쳐났다. 힘써가며 날개를 퍼덕일 필요가 없었다. 카카포는 나무를 흔들어 열매를 주워 먹으며 오랫동안 걱정 없는 삶을 살았다. 요람에서 무덤까지 완벽한 복지가 제공되는 삶이었다. 그러다 인간과 함께 고양이와 개와 주머니쥐가 섬에 들어온 이후 상황은 바뀌었다. 자기방어라는 걸 해본 적이 없는 이 순진하고 무력한 새는 순식간에 개체수가 수십만 마리에서 마흔 마리로 줄어들었다. 남은 새를 지키기 위해 사람들은 엄청난 노력을 쏟아부었다. 남아 있는 모든 새를 코드피시 섬으로 옮겨 인간이 발 딛기 전의 뉴질랜드와 똑같은 상태로 만들었다. 그 섬에는 카카포를 찾아내 보호하는

'카카포 수색자'라는 직업을 가진 이들이 있는데 그들은 카카포를 찾지 않을 때면 고양이를 죽였다. 카카포 수색자들은 섬의 모든 고양이와 주머니쥐를 죽여 포식자가 없던 상태로 되돌렸다. 인간이란 이토록 기묘한 종이다. 이 세상을 창조한 절대자가 있어 이 모든 일을 지켜보고 있다면 어떤 기분이 들까. '신묘하군, 내가 만들었지만 정말 알 수 없는 존재라니까.' 이런 느낌이 아닐까.

카카포는 나에게 갈라파고스의 조지를 떠올리게 했다. 비슷한 의문이 다시 찾아왔다. 카카포의 천적이라는 이유만으로 고양이를 죽일 권리가 우리에게 있는 것일까. 고양이와 카카포 사이의 우선순위는 누가 정하는 것일까. 단지 숫자가 적다는 이유만으로 카카포의 생명이 더 존중받아야 하는 것일까. '신의 손'이 되어 자연계에 끼어들 자격이 우리에게 있는지 모르겠다. 어떤 종의 멸종과 번성을 막기 위해 애쓰는 일에조차 인간의 취향과 호감도가 결정적인 역할을 하는 이 상황이 썩 마음에 들지 않는다. 절대 권력을 지닌 상사에게 잘 보여야만 생존하는 회사가 있다면 나 같은 사람은 절대 살아남을 수 없을 테니까. 지금 인간이 다른 종에게 갖는 의미가 그런 절대 권력자인 것은 아닐까. 섣불리 답을 할 수 없는 내 질문에 이 책에 등장한 모리셔스 섬의 희귀 새를 지키는 조류

학자 리처드는 단순하게 답했다.

"우리는 많은 동물을 죽여야 해요. 위기에 처한 종을 보호하고 그것들에게 먹이를 주려면 그래야 하죠."

결국 내 삶도 그렇다. 살기 위해 다른 생명을 죽여 취해야만 하니. 희귀종을 지키는 일에도 살리기 위해 죽여야만 하는 생명운동의 모순적인 사슬이 얽혀 있다.

그렇게 모순을 감당하며 사는 일에서 나 또한 자유롭지 못하다. 로드리게스큰박쥐를 만나기 위해 찾아간 모리셔스 섬의 이야기에 다시 심장이 따끔거려야 했다. 인류는 모리셔스 섬의 도도새가 멸종한 후에야 한 종이 완전히 사라진다는 것의 의미를 구체적으로 알기 시작했다. 미국의 작가 마크 트웨인이 천국은 모리셔스 섬을 본떠서 만들어진 것이라고 호기롭게 선언한 이후, 모리셔스에는 관광객이 쓰나미처럼 밀려들었다. 그 후 '일어나서는 안 되는 모든 일'이 이 섬에서 일어났다. 모리셔스의 생태계는 전쟁터가 되었다. 완강한 환경운동가나 동물학자는 당연히 관광객에게 적대적이지만, 책에서도 지적하듯 이 부분에도 딜레마가 숨어 있다. 누구도 야생동물에게 관심을 갖지 않는다면 그들의 서식지는 더 빨리 파괴될 것이다. 또 그들은 밀렵꾼의 손에 멸종될지 모른다. 야생동물에게 관심을 갖게 만들려면 일정 정도 그들을 관광객에게 보일 수밖에 없고, 그 과정에서 당연하게도 또 다른 위험이 따라온다. 서식 환경과 생활방식이 교란되거나 면역력이 없는 질병에 노출될 수도 있다. 이 정도쯤 되면 도대체 어쩌라는 거냐는 한탄에 이르게 된다. 여행을 하고 여행에 대한 글을 쓰며 밥을 버는 나 또한 늘 겪는 딜레마다. 어떤 곳을 사랑하게 되어 그곳에 대한 글을 쓰는 순간, 사람들이 몰려들기 시작하고, 내가 사랑했던 것들은 그 매력을 잃어간다. 저개발 국가의 가난한 마을일수록 그 변화를 더 폭력적으로 겪게 된다. 태국의 바닷가 마을 코팡안이, 라오스의 시골 마을 방비엥이 그렇게 망가져 갔다. 낯선 것을 찾아 세계를 떠돌지만 결국 내 역할은 그렇게 찾아낸 세계를 내가 사는 곳과 똑같아지게끔 만들어버리는 데 불과하다. 차이가 있다면 나에게는 마크 트웨인만큼의 영향력이 없다는 정도일까.

이 책의 저자들이 야생동물을 찾아다닌 시기는 지금부터 30년 전이다. 그 사이 어떤 변화가 일어났을까. 배의 소음으로 음파탐지능력이 교란되어 프로펠러에 몸이 감겨 죽곤 했던 양쯔강돌고래는 중국 과학자들에 의해 2007년에 멸종이 선언되었다. 북부흰코뿔소 또한 야생상태로는 모두 멸종한 것으로 추정된다. 체코의 동물원에 있던 세 마리가 야생으로 옮겨와 보호 속에 살아가지만 후손을 잇지 못하고 있다. 희망적인 소식도 있다. 본 적도 없고, 앞으로도 만날 가능성이 없으면서 나를 유혹한 새 카카포는 126마리까지 개체수가 늘어났다.

이 모든 노력이 이미 아무 의미 없을 정도로 늦어버린 건지도 모른다. 그러나 다양한 생명체들이 다 사라지고 파산한 지구 회사의 사장으로 혼자 남는 일이 결국 인간의 운명이라 해도 손을 놓을 수는 없다. 누군가 그 이유를 물어온다면 나는 이 책에서 마크 카워다인이 한 말을 들려주고 싶다. 이보다 더 아름답고 정확한 이유를 알지 못하기에. "그렇게 많은 사람들이 코뿔소와 앵무새와 카카포와 돌고래를 지키는 데 인생을 거는 이유도 이 때문일 것이다. 이유는 아주 단순하다. 그들이 없으면 이 세상은 더 가난하고 더 암울하고 더 쓸쓸한 곳이 될 것이기 때문이다." 우리가 사는 이 세상은 이미 충분히 가난하고 암울하고 쓸쓸하다.

○ 마지막 기회라니?

《은하수를 여행하는 히치하이커를 위한 안내서》의 저자 더글러스 애덤스와 세계적인 동물학자 마크 카워다인이 쓴 멸종위기 지구 탐사 에세이. 파괴되고 잊히는 지구에 관한 의미 있는 기록이다. 강수정이 옮겼으며 홍시에서 소개했다.

고독한 여행자

스페인
카미노 데 산티아고

마션

우주여행자가 되는 날이 내 생애에 찾아올까. 행성 사이를 떠도는 유목민이라니 이 이상 '간지 나는' 여행자가 없다. 행성 간 여행이 가능해지는 날이 온다 해도 내가 비용이라는 장벽을 넘지는 못하겠지. 우주 정거장에서 엄지손가락을 들고 서서, 가는 김에 태워다 줄 박애 정신 넘치는 우주선을 하염없이 기다리는 '은하수를 여행하는 히치하이커'라도 되지 않는 한. 아득히 멀어 비현실적인 우주를 굳이 그리워하지 않아도 내게는 지구의 신비만으로 충분했다. 내가 나고 자란 이 행성의 아름다움을 좇는데도 일생으로 부족할 테니. 달에서 지구를 내려다보면 어떤 기분일까 정도가 내가 우주에 관해 할 수 있는 최고의 상상이었다.

SF 소설은 취향이 아니라고 믿었던 내가 우주여행자의 이야기에 빨려들고 말았다. 소설 《마션》은 화성을 여행하다 미아가 되고 만 남자의 처절한 생존투쟁기다(이 소설을 원작으로 한 동명의 영화를 안 보신 분들은 스포일러 주의). 터무니없는 환경에서 온갖 기지와 상상력과 과학 기술, 엄청난 낙관을 발휘해 지구로 생환할 때까지 버텨야 하는 이야기다. 그런 상황에서 인간은 자신에게 의지해 어디까지 나아가고, 얼마나 힘을 발휘할 수 있을까.

자, 당신이라면 어떻게 하겠는가. 지구에서 8천만 킬로미터 떨어진 화성에 혼자 남았고, 사방은 암석으로 가득한 황무지다. 바깥 기온은 영하 150도에서 0도. 우주복을 입지 않고는 산책도 할 수 없다. 다음 탐사대는 4년 후에 오는데 남은 식량은 4백일 치뿐. 지구에서는 이미 그의 장례식까지 치른 후다. 꼬여도 이렇게 꼬일 수가 없다. 덕분에 소설사에 길이 남을 인상적인 문장으로 이 소설은 시작된다.

"아무래도 좆됐다. 그것이 내가 심사숙고 끝에 내린 결론이다. 나는 좆됐다."

주인공의 직업은 식물학자이자 기계공학자. 살아남기 위해서는 화성 대기에서 산소를 분리해야 하고, 물 환원기를 돌려 식수를 만들어야 하고, 열량을 얻기 위해 작물을 재배해야 하니 최고의 직업이다. 소설을 읽어가는 동안 수학, 화학, 천체물리학, 궤도역학을 넘나들며 설명하는 온갖 우주과학기술을 단 한 줄도 이해하지 못했다. 좌뇌가 아예 없는 게 아니냐는 의혹을 평생 달고 살아갈 정도로 과학이나 논리적 사고에 젬병인 나로서는 당연할 수밖에. 어디까지가 소설의 상상력에 불과하고, 어디까지가 현실에서 가능한 일인지도 알 수 없다. 그런데도 책은 한 번 잡으면 놓을 수 없을 정도로 흥미진진하다. 화성에서든 어디에서든 생존을 위해 해야 하는 일은 똑같다. 먹고, 자고, 쉬기. 게다가 만사는 뜻대로 굴러가지 않는다. 끝없이 산적한 문제를 뚫고 나가야만 한다. 자신이 지닌 모든 지식과 노력을 쏟아부으며 온 힘을 다해 살아남으려 애쓰는 절망적인 상황에서도 그는 낙관적이다. 인류가 축적해온 과학 기술을 응용할 능력이 있으니 낙관적일 수 있으리라. 결국 그를 살게 하는 것은 과학적 지식과 식물학자로서의 재능에 더불어 낙관적 사고에 기반한 유머가 아니었을까.

만약 나였다면 어땠을까. 인류 최후의 생존자라도 되지 않는 한 화성탐사대에 뽑힐 일은 없겠지만, 그런 불상사를 가정하고 내가 화성에 혼자 남겨졌다면? 고독사 내지는 아사가 내 운명의 길이었을 것이다. 주인공은 '화학은 내 편이다'라며 산소나 물을 만들어내지만, 나는 주기율표를 외우는 것조차 실패했다. 일생에 아무런 도움이 될 것 같지 않았기에 화학은 내 단골 땡땡이 과목이었다. 〈영일레븐〉 녹화에 온 '이치현과 벗님들'을 보겠다고 교실을 탈출하고, 학교 앞 개미만화에 《올훼스의 창》 신간이 들어왔다고 담장을 넘던 과거를 후회하며 화성에서 죽음을 맞았을 것이다.

스스로를 구하겠다는 의지를 잃지 않는 한 외부로부터의 구원 또한 반드시 찾아온다. 보이지 않고, 들리지도 않는 저 먼 우주 공간에 혼자 머물고 있는 한 사람을 구하기 위한 지구 전체의 연대가 시작되니까. 이토록 엉망진창인 지구의 현실을 생각해본다면 소설의 상상력에 불과하다고 비판할지도 모른다. 하지만 인간이란 알 수 없는 존재여서 구체적인 얼굴과 이름을 가진 사람에게 놀랄 만큼의 깊은 인류애를 발휘하기도 한다. 2011년 이후 시리아 내전으로 인한 사망자가 10만을 넘어서도 무덤덤하던 국제사회가 2015년 터키의 바닷가에 떠밀려온 세 살 소년 아일란 쿠르디의 사진을 접한 후 도움의 손길을 본격적으로 내밀었듯이. 그러니 마크 와트니라는 이름과 얼굴을 지닌 그를 구하려 인류가 지금껏 쌓아온 모든 지식을 기꺼이 나누는 것은 당연한지도 모른다. 추상적인 인류보다는 구체적인 한 인간이 사람의 마음에 더 가까이 가닿는 법이니.

식기세척기에서 그릇을 꺼내다 말고 나는 《마션》을 떠올렸다. 나는 지금 스페인의 순례길인 카미노 데 산티아고의 작은 마을에 머물고 있다. 와이파이도 없는 카페 두 개와 구멍가게 하나가 전부인 곳. '알베르게'라 불리는 순례자 전용 숙소에서 자원봉사 중이다. 이곳의 구성원은 단출하다. 알베르게의 주인 아멜리아와 그 아들 에스키엘, 페루에서 온 마를레니, 아르헨티나에서 온 자매 마리아와 디아나. 그들은 서로를 가족이라 부른다. 매일 같은 일을 쉼 없이 반복하면서도 그들은 늘 웃는다. 아무리 일이 많아도 짜증을 내거나 한숨을 내쉬지 않는다. 청소가 즐겁다고 말하는 마를레니. 부지런히 손을 놀려 음식을 만들면서도 순례자들과 재치 넘치는 이야기를 나누는 마리아. 자신이 순례자들로부터 받는 게 훨씬 많아 복 받은 인생이라는 아멜리아. 말없이 묵묵히 일하다 가끔씩 미소 짓는 에스키엘과 디아나. 이곳에서는 키스와 웃음이 꽃처럼 피어난다.

순례자를 돕는 사람인 '호스피탈레라'로서 내 일과는 간단하다. 매일 밥을 차리고, 청소하고, 다시 밥을 차리고, 치우는 노동이 반복될 뿐이다. 침대에 누우면 책 한 줄 읽을 틈조차 없이 잠에 빠져든다. 단순하기 그지없는 일상을 보내는 이곳 '알베르게 비에이라'가 지금 나에게는 우주 정거장이다. 아침부터 저녁까지 몸을 움직이며 함께 일하는 동료들은 내게 화성탐사대의 우주비행사들이나 마찬가지다. 오가는 순례자들은 행성 사이를 여행하는 고독한 우주비행사들. 나는 그들이 보내는 구조 신호를 해석한다. 이 길을 걷는 순례자였을 때의 나는 구조를 기다리는 마크 와트니였지만 지금은 반대의 처지다. 물집으로 고생하는 이에게 구급약을 건네고, 다음날 걸어갈 길에 대한 정보를 알려주고, 배고픈 그들에게 푸짐한 밥상을 차려준다.

화성에서의 생존과 지구로의 생환을 위해 마크 와트니가 해온 일들은 사실 다른 모든 이들의 경험과 다르지 않다. 매일 해야만 하는 지루한 일들, 우리가 족쇄라고 여기는 것들이 우리를 밀고 나가는 것일까. 현실의 수많은 문제를 해결하기 위해 발버둥치며 하루하루를 살아내고, 그런 자신을 스스로 위무하거나 타인에게 위로받으며 견디어낸다. 살아야 하는 절박한 이유가 없을 때조차도 살기 위해 매달린다. 때로는 보이지 않는 얼굴에, 들리지도 않는 목소리에 기대기도 한다.

결국 우리 모두는 마크 와트니인 동시에 NASA의 직원이기도 하고, 그를 도우려는 동료들이자, 마크 와트니의 생환을 기원하는 세계인이다. 누군가 그랬다. 나처럼 인간에 얽매이지 않고 다니면서 사람에 매이는 사람이 있을까 싶다고. 나라는 사람은 가까이 머무는 질긴 인연보다 멀리 있는 약한 인연에 기대어 살아간다고. 인간은 희미한 타인의 마음으로도 꽤 멀리 나아가고, 놀랄 만큼 오래 꿈꿀 수 있는 존재라는 그의 말을 나는 믿는다. 내가 지치지도 않고 여행을 떠나는 삶을 이어갈 수 있는 것도 세상 어딘가에서 내 손을 잡아줄 낯선 얼굴을 상상하기 때문이다. 보이지 않는 손의 온기를 믿기에 늘 떠날 수 있었다. 우리는 모두 누군가에게 애타게 구조 신호를 보내는 존재인 동시에 타인으로부터 구조 신호를 받는 사람이다.

저마다의 사연을 품고, 저마다의 인생을 배낭에 담은 순례자들이 오늘도 알베르게의 문을 열고 들어선다. 1천 2백 킬로미터를 걸어왔다는 프랑스 할아버지가 카페콘레체를 주문한다. 오늘따라 배낭의 무게가 견디기 힘든지 지친 표정이다. 나는 그가 보내는 미약한 구조 신호를 놓치지 않기 위해 통신 주파수를 그에게 맞춘다. 오래전, 내가 희미한 주파수에 실어 보낸 구조 신호에 기꺼이 응답해주었던 이들의 얼굴을 떠올리며 그의 얼굴을 바라본다. 자, 나는 이제 당신이 타고 온 우주선과 도킹할 준비가 되었어요. 이 우주 정거장은 안전해요. 그러니 나를 믿고 이리로 올라오세요. 나는 그에게 손을 내민다.

○ 마션

컴퓨터 프로그래머였던 앤디 위어가 온라인상에 연재해 전자책으로 자비 출판했던 글. 이후 종이책으로 공식 출간됐고, 리들리 스콧 감독에 의해 영화화되며 전 세계적으로 인기를 모았다. 화성에 홀로 남겨진 한 남자의 지적이고 유머러스한 이 생존기는 소설과 영화 모두 사랑받았다. 국내에는 박아람의 번역으로 알에이치코리아에서 출간되었다.

나는 여전히
심장이 두근거린다

80일간의 세계일주

손안에 전 재산이 놓였다. 배낭과 노트북, 카메라 같은 장비를 사고 남은 돈 2천만 원. 이렇게 큰 돈을 만져보는 건 처음이었다. 막상 2천만 원이 내가 지닌 전부라고 생각하니 별것 아닌 것처럼 느껴지기도 했다. 다 써버린다고 해도 대세에 큰 지장이 없을 액수랄까(2억이었다면 잃을 게 두려워 떠나지 못했을지도 모른다).

2천만 원을 여행 자금으로 은행에 넣은 후 짐을 쌌다. 몇 권의 책과 옷가지, 침낭과 호신용 호루라기 등으로 가득 찬 새 배낭을 메고 인천으로 향했다. 1월의 항구는 을씨년스러웠고 거센 바람이 불고 있었다. 등산 점퍼 안에 몇 겹의 옷을 껴입은 나는 앞뒤로 배낭을 메고 배에 올랐다. 서해를 가로질러 중국 청도로 향하는 배였다. 막 서른세 살이 되던 해였고, 6년을 다닌 회사를 그만둔 직후였다. 세계일주를 하겠다고 사표를 쓰고, 방을 빼는 일을 아직 신기하게 보던 시절이었다. 설렘만큼이나 두려움도 컸다. 내가 마주할 세계에 대한 기대 못지않게 앞으로 겪게 될 사건 사고에 가슴이 조여 왔다.

그때나 지금이나 나는 호방한 모험가 스타일과는 거리가 멀다. 더 냉정히 말하면 여행에 전혀 어울리지 않는 사람이다. 지도를 읽을 줄 모르는 길치에, 지독한 편식쟁이에, 잠자리가 바뀌면 잠을 설치고, 낯가림이 심한 소심한 성격. 그런 사람이 어쩌다 여행에 빠진 건지. 이건 코끼리 군에게 첫눈에 반한 개미 양의 운명 같은 것일까. 주변의 염려와 의심 속에 나는 길을 떠났고, 그로부터 15년이 넘는 세월이 흘렀다.

나는 여전히 집 바깥이 더 익숙한 삶을 살고 있다. 지구는 스스로 증식이라도 하는지 아무리 돌아다녀도 도무지 끝이 보이지 않았다. 여행에 관한 한 호기심도 줄지 않았고, 열정도 식지 않았다. 아직은 무릎에 힘도 빠지지 않았다.

여행을 하기 위해서는 네 가지가 필수다. 돈과 시간, 체력과 호기심. 다행히도 나는 여전히 돈만 부족할 뿐 나머지는 충분히 넘친다. 정착하고픈 마음이 들게 하는 운명의 남자도 아직 만나지 못했다. 그러니 계속 떠도는 삶을 살 수밖에. 배낭 하나에 필요한 모든 것을 담아 어디로든 훌쩍 떠날 수 있다는 것. 여기가 아닌 다른 장소에서의 삶을 실행할 수 있다는 것. 낯선 말과 낯선 음식, 낯선 사람들, 온통 모르는 것들 속에서 나란 존재를 단단히 끌어안고 지낼 수 있다는 것. 그럼으로써 내가 알거나 믿고 있던 것들이 날마다 무너지고, 매일 더 넓은 세계를 만들어낼 수 있다는 것. 이 삶의 방식은 내가 지닌 최고의 자산이 되었다.

다만 이제 여행의 방식이 바뀌었다. 여행사를 찾아가지 않고 클릭 몇 번으로 가격을 비교해 항공권을 구매하고, 역시

클릭만으로 리뷰와 평점을 보며 숙소를 예약한다. 구글맵 덕분에 길에서 헤매는 시간도 줄었고, 각종 어플 덕분에 가이드북을 들고 다닐 일도 없다. 모든 게 간단해지고 편리해졌다. 여행의 변수는 테러나 기상이변 정도를 제외하고는 통제 가능해졌다. 세계를 한 바퀴 도는 데 필요한 각오의 무게도 훨씬 가벼워졌다. 당연히 세계일주를 하는 사람도 가을날 대로변에 뒹구는 은행만큼이나 흔해졌다.

여행이 편리해질수록 나는 왜 이리 허전해지는 걸까. 점점 만남의 밀도가 물렁해지고, 감동의 깊이도 얕아진다. 사람을 만나 마음을 여는 일도 줄었다. 남들이 가지 않는 곳에서 모험을 하는 일 따위는 진작 사라졌다. 세계는 이미 낱낱이 드러났고, 더는 오지도 없고, 신비로운 모험 따위는 전설이 되었다. 대부분의 여행이 비슷해졌다. 같은 곳에 가서, 같은 음식을 먹고, 같은 사진을 찍고 SNS에 올리는 것으로 여행이 끝난다. 정말 이것뿐인 걸까? 헛헛하다. 한 번 여행을 떠나려면 엄청난 각오를 해야 했고, 수많은 모험을 함으로써 여행을 통해 인생이 변할 가능성이 컸던 시절의 여행자들이 부러워졌다. 세계일주 한 번으로 인생이 바뀐 대표적인 남자가 떠올랐다. 영국 신사 필리어스 포그. 쥘 베른의 소설 《80일간의 세계일주》의 주인공이다.

내가 이 책을 지금껏 읽지 않았던 이유는 몇 가지 선입견 때문이었다. 여행을 하면 할수록 세계가 무한 확장되는 것 같은데 80일이라니, 주마간산식일 게 분명해. 자고 나면 세상이 달라지는데 출간연도가 1873년이라니, 구석기 시대만큼이나 아득하잖아. 거기에 더해 어린 시절에 아동용으로 읽어서 다 아는 것 같은 느낌까지 들었다. 그러다 문득 궁금해졌다. 읽지도 않고 얕잡아 본 책의 내용이.

주인공 필리어스 포그는 집과 클럽만을 오가며 시계추 같은 삶을 사는 미중년. 그는 80일 만에 세계일주가 가능하다고 주장하다가 전 재산의 절반을 건 내기를 하고 그날 밤 세계일주를 떠난다. 엄청난 결단력에, 셔츠 두 벌과 양말 세 켤레만 챙겨 넣는 등 짐을 싸는 능력도 발군이다. 그와 하인 파스파르투의 여정은 이렇다. 철도로 이탈리아 브린디시까지 가서 증기선으로 지중해를 건너 수에즈 운하로 항해(7일). 다시 증기선으로 홍해와 인도양을 가로질러 뭄바이로 이동(13일). 동쪽 콜카타까지 철도로 횡단(3일), 남중국해를 건너 홍콩까지 이동(13일). 배로 요코하마에 도착(6일) 후 태평양을 가로질러 샌프란시스코에 내린다(22일). 뉴욕까지 철도로 횡단한 후(7일) 증기선으로 대서양을 건너 리버풀로 이동(9일), 기차로

런던에 돌아오는 일정이다. 나열하는 것만으로 숨이 가쁘다. 하루라도 어긋나면 80일간의 세계일주는 실패.

그들은 모든 운송수단을 동원한다. 여객선과 기차와 마차, 요트와 무역선, 썰매와 코끼리까지. 당연하게도 돌발적인 상황이 계속 일어난다. 포그는 죽은 남편과 함께 매장당할 위기에 빠진 인도 여인 아우다를 구출하거나 선량하지만 끝없이 말썽을 피우는 하인 파스파르투를 구하기 위해 뛰어들기도 한다. 이 와중에 포그를 은행 절도범으로 오인한 형사의 추적이 따라붙는다. 이런 예상치 못한 난관을 해결해가는 동안 모험이나 타인의 삶에는 관심 없던 그가 조금씩 변해간다. 지루한 신사에 불과했던 그의 변화야말로 이 소설이 주는 재미다. 물론 소설은 시대적 한계에서 자유롭지 못해 아메리카 원주민 수우족을 강도 떼나 다름없이 묘사한 부분에서는 제국주의적 시선이 엿보이기도 한다. 등장인물 중 유일한 여성인 아우다 부인도 지극히 수동적인 인물로 그려진다. 그런 단점에도 불구하고 소설은 흡입력이 뛰어나 하룻밤에 다 읽고 말았다.

쥘 베른이 살았던 19세기 후반은 과학적 발명의 시대였다. 철도와 증기선의 발명으로 모험의 공간이 급속히 확대되었다. 그가 이 소설을 발표할 무렵인 1869~70년 사이에 수에즈 운하와 미국 대륙횡단철도와 인도 대륙횡단철도가 개통되었다. 쥘 베른은 파리의 카페에서 신문을 읽다가 80일 만에 세계일주가 가능하다는 기사에 영감을 받아 이 소설을 썼다. 자료 조사만으로! 누구는 내 발로 굴러봐야 겨우 감이 올까 말까인데 누구는 앉은 자리에서 여행기를 써내다니!

이제 세계일주는 콩코드 비행기를 이용한다면 44시간 6분에도 가능해졌다. 《80일간의 세계일주》의 주인공처럼 엄청난 부자만이 가능했던 여행에 민주화가 이루어졌다. 경제적인 수준이 높아지고, 과학 기술이 발전함에 따라 여행은 모두의 것이 되었다. 더 싸고, 더 편해지고, 더 안전해졌다. 여성 혼자 하는 여행은 여전히 수많은 위험에서 자유롭지 못하지만 스마트폰 덕분에 약간의 안전망 정도는 설계할 수 있게 되었다.

이제 여행은 어디로 가느냐는 장소의 문제가 아니라 어떻게 하느냐의 문제가 아닐까. 여행이 매혹적인 이유는 여행이 우리를 어디로 데려갈지 알 수 없기 때문이다. 마치 인생이 그러하듯. 낯선 곳에서 어떤 만남을 통해 얼마나 변화하게 될지 전혀 모르는 채로 우리는 여행을 떠난다. 여행을 계속하는 한 내 마음의 지도는 날마다 달라진다. 세계가 계속 확장되어간다. 단순하고 평면적이었던 내 시선도 입체적으로 변해간다. 세계의 빛나는 아름다움을 하나 알게 되면 어두운 추악함도 슬며시 드러났다. 탄자니아의 대초원에서 기린을 지켜보며 다양한 생명이 더불어 존재하는 지구의 아름다움을 사무치게 깨달은 다음이면 예루살렘에서 인간이 신의 이름으로 얼마나 잔혹한 학살을 저지를 수 있는지를 알게 되었다. 내 발걸음이 그곳에 사는 이에게는 불쾌한 흔적에 불과할 수도 있고, 내가 사랑하는 것들을 망가뜨리는 길이 되기도 한다는 것을 알게 되었다. 몸가짐이 조심스러워졌다.

여행을 한다는 것은 내내 타인의 친절에 기대어 사는 일이다. 덕분에 타인에 대한 내 선입견을 끝없이 수정해올 수 있었다. 흑인에 대한, 동성애자에 대한, 무슬림에 대한, 열대 지역의 사람에 대한 수많은 편견이 깨졌다. 있는 그대로의 모습을 인정하는 법을 배워갔고, 내가 속한 이 세계를 마음을 다해 끌어안게 되었다. 길 위에서 나는 조금 더 용감했고, 더 착해졌다. 타인의 고통을 나눌 줄 알게 되었고, 지구에 조금이라도 해를 덜 끼치는 인간이 되고자 애쓰고, 육체적인 불편함을 견디는 힘이 극도로 강해졌다. 집이 아닌 곳의 화장실도 가기 싫어하던 내가 대자연의 지형지물을 기꺼이 사용할 줄 알게 되었다. 낯선 사람과는 말을 섞는 것 자체를 꺼리던 내가 처음 만난 여행자에게 밥 먹으러 같이 가겠냐고 능숙한 작업(?)을 걸게 되었다. 개미도 싫어하던 내 눈에 거미조차 사랑스럽게 보인다. 내 안의 가장 아름다운 모습은 늘 여행에서 발현되었다. 이러니 여행 중독자로 사는 게 자연스러울 수밖에.

삶을 바꿀 한 번의 만남을 기다리며 나는 오늘도 거리에 서 있다. 여전히 심장이 두근거린다. 다행이다, 여행으로 밥을 버는 지금도 여행이 가장 좋아하는 일이라서. 백 년 후에는 내가 한 방식의 여행조차 쥘 베른의 모험처럼 여겨질지도 모른다. 80일간의 세계일주가 끝난 후 주인공 포그는 어떤 삶을 살았을까? 스포일러를 우려해서 더는 말할 수 없지만 한 가지만 덧붙인다면, 포그에게 일어났던 기적이 내게도 일어나기를. 이번 생이 다하기 전에, 제발.

○ 80일간의 세계일주

세상을 떠난 지 백여 년이 지난 지금까지 전 세계에서 가장 많이 번역되는 과학 소설 작가 쥘 베른. 빈틈없는 영국 신사 필리어스 포그와 유쾌한 프랑스 하인 파스파르투의 세계 일주기를 그린 이 책은 쥘 베른의 작품 중 가장 많은 사랑을 받았다. 전 세계를 무대로 펼쳐지는 이야기인만큼 여러 민족의 생활과 풍물이 잘 드러나 있다. 여러 번역으로 소개되어 있다.